Mickaël Lawrence

LES RIVIÈRES SOMBRES

Autoédition

ISBN 978-2-9558201-3-1

Note de l'auteur

Même si les villes citées dans ce roman sont réelles, les noms des enseignes et des commerces ont été changés ; la plupart sont fictifs. Certaines rues ont été modifiées. Et toute ressemblance entre les personnages et des personnes appartenant au monde réel serait involontaire et fortuite.

M.L

Prologue

Quand on les voyait, on pouvait se dire que c'étaient le grand-père et son petit-fils. Ils étaient très complices, et ne rataient jamais l'occasion de faire une sortie ensemble en forêt.

Cette nuit, ils couraient à vive allure. Le vieil homme avait réussi à faire ce que personne sur terre n'était parvenu à réaliser depuis des siècles. Il détenait ce bijou entre ses mains – entre leurs mains, plutôt –, et il avait promis à son petit-fils de partager, en secret, l'argent qu'il obtiendrait en vendant ce trésor.

L'enfant n'était armé que d'un lance-pierre fait-maison. Quant au grand-père, il savait que son fusil de chasse lui serait utile. Dix minutes qu'ils couraient tous les deux pour rejoindre une cabane, à une centaine de mètres de là ; ils allaient enfin pouvoir reprendre leur souffle et se préparer contre ce qui les poursuivait.

Poursuivait ?

Le grand-père parlait sans cesse d'une légende locale et d'une pierre rare, cachée dans la forêt. Ce joyau inestimable attisait les convoitises et était protégé par un esprit prêt à tuer quiconque osait le dérober. Évidemment, personne ne le croyait. Tout le monde se moquait de lui, le prenait pour un poivrot de plus sur cette planète. Mais plus maintenant, il en était persuadé ; il détenait la preuve. Et il rentrait de ce pas la montrer.

« Ils me respecteront, à présent », pensa-t-il.

Quand ils atteignirent la cabane, le vieil homme enfonça la porte d'entrée sans difficulté. Ils entrèrent à toute vitesse. Le premier réflexe du petit garçon fut d'aller se réfugier sous la table en bois vermoulu, mais son grand-père s'y opposa :

— Sors de là tout de suite, Tony. Vérifie la fermeture de tous les volets pendant que je bloque la porte avec la table. Il faut s'assurer de pouvoir tenir jusqu'à l'aube.

— À l'aube ?

— Oui, on attendra que quelqu'un passe par ici pour sortir. Maintenant que l'on possède ce qu'on voulait, ce serait du suicide de s'exposer. On doit encore tenir quinze minutes… minimum.

— Et on fait quoi en attendant ?

— On reste prudent… et silencieux, surtout.

Tony, le visage et les vêtements maculés de boue et les chaussettes imbibées, se tut immédiatement. Il avait trébuché à plusieurs reprises avant même que son grand-père ne dérobât le bijou. Ses jambes présentaient des éraflures et foisonnaient de croûtes.

Il tremblait de peur. Il pensait vivre une aventure incroyable avec son grand-père, comme dans les films. À son jeune âge, on ne faisait pas toujours la différence entre la fiction et la réalité. D'ailleurs, pourquoi son grand-père l'avait-il emmené pour une aventure si dangereuse ? Tony lui avait demandé pourquoi il fallait courir. En guise de réponse, le vieil homme avait répondu que dans chaque aventure, il fallait courir, même si aucun danger ne se présentait. Et il avait ajouté qu'il fallait courir à cause du stress, et que le stress faisait grimper l'adrénaline. Tony avait déjà entendu ce mot plusieurs fois, mais il n'en connaissait pas la définition.

Il pensait que son grand-père lui cachait quelque chose. À moins que ce ne fût l'angoisse qui l'empêchait d'avoir les idées claires. Il espérait seulement tenir jusqu'au bout car il ne voulait pas faire une crise de tétanie. Pas maintenant. Non seulement parce qu'il se sentirait vulnérable face au danger qui les pourchassait, mais aussi parce qu'il décevrait son grand-père. S'il faisait une crise, les parents de Tony réprimanderaient le vieil homme. Et l'enfant ne voulait pas chagriner son grand-père.

Désormais, Tony se retrouvait dans une situation périlleuse, dans une cabane sans lumière. Il s'était rappelé un petit détail avant de partir à l'aventure : la nuit devait leurs permettre de se camoufler pour mieux trouver le bijou, car celui-ci brillait dans l'obscurité.

Pas bête pour autant, il se doutait que quelque chose clochait. Après tout, la nuit n'était-elle pas l'alliée du mal ? Des fantômes ? De tout ce qui était nuisible ? Si tout cela était vrai, alors pourquoi partir la nuit pour prendre un bijou… Ou plutôt le voler ?

— Silence, dit calmement le vieil homme.

Un vent puissant venait de rugir de nulle part. Le grand-père voulut éclairer les lieux avec sa lampe torche mais il se ravisa. Ce n'était pas une bonne idée. Il braqua son fusil en direction de la porte, Tony fit de même avec son lance-pierre. Il gardait une bonne poignée de cailloux dans la poche de son jogging et le vieil homme détenait une dizaine de cartouches calibre douze, les mêmes qu'il utilisait pour chasser le sanglier. Mais un autre bruit plus effrayant que le vent se fit entendre : des sifflements de serpent.

Les serpents de la région n'étaient pas dangereux, à l'exception de la venimeuse vipère aspic. Les sifflements semblaient converger autour de la cabane.

Comme la plupart des phobiques des reptiles, Tony n'avait jamais tenu de serpent dans ses mains mais n'en était pas moins effrayé pour autant.

Deux solutions s'offraient à eux : laisser le bijou dans la cabane et s'enfuir aussi vite que possible, ou rester à l'intérieur et se tenir prêts à un affrontement difficile. Pour le vieil homme, il était hors de question d'abandonner maintenant. Ils se battraient contre ces serpents.

La cabane était très petite. Cinq personnes à peine pouvaient y entrer et elle ne contenait pas grand-chose, sinon le minimum nécessaire pour installer des affaires : une table, celle que le vieil homme avait utilisée pour barricader la porte, quatre chaises, un placard avec des cintres, un banc en bois délabré. Rien de plus, rien de moins, pas de couchage. À l'extérieur, juste à côté de la cabane, une pile de bois trônait près d'un cercle de briques où allumer un feu. La dernière fois que quelqu'un y avait séjourné, le vieil homme n'avait même pas encore d'enfant, si sa mémoire ne le trompait pas.

Étrangement, les sifflements avaient cessé, le vent s'était volatilisé. Les serpents s'étaient-ils évaporés dans ce calme angoissant, ou était-ce le réveil de l'aube ? Voilà une question que le vieil homme se posait. Le seul moyen d'en avoir le cœur net aurait été de jeter un coup d'œil à l'extérieur. Soit en enlevant la table afin de pouvoir ouvrir la porte, soit en ouvrant l'un des volets de la cabane.

« Non, c'est trop dangereux ! pensa le vieil homme. Sans doute un piège. »

Tony sursauta et poussa un petit cri.

— Que se passe-t-il ?

— J'ai entendu un craquement, dit Tony, effrayé.

Le vieil homme tendit l'oreille, et retint son souffle. Tony avait raison : des craquements réguliers faisaient le tour de la cabane. Un tour, puis deux. Le temps semblait figé ; plus aucun son ne leur parvenait.

— Grand-père, j'ai…

Tony se tut une nouvelle fois. Les craquements recommencèrent. Quelque chose tambourinait sur l'un des volets. Puis sur le deuxième. Le vieil homme braqua son fusil sur le troisième et dernier volet de la cabane. Tony se boucha les oreilles et ferma les yeux. Les armes à feu lui faisaient peur ; il redoutait le moment où son grand-père appuierait sur la détente.

Alors qu'on frappait au dernier volet, le vieil homme tira… Puis plus rien, plus aucun craquement. Ce nouveau calme qui régnait dans l'atmosphère se voulait-il rassurant ? Ni Tony ni le vieil homme ne le savait.

Tony commençait sérieusement à se sentir mal ? Son corps tremblait. Il paraissait sur le point de faire une de ses crises. Le vieil homme s'aperçut de l'état de l'enfant et se dirigea vers lui.

— Tout va bien aller, mon grand. Je te le promets. Il faut encore tenir un petit moment.

— À quelle heure se lève le soleil ?

— Attends ! Je regarde mon téléphone.

En fouillant dans les poches de son pantalon, le vieil homme se rendit compte qu'il ne l'avait plus – probablement perdu après avoir volé le bijou.

— Et merde, hurla-t-il.

La porte s'ouvrit d'un coup sec, mais personne ne se trouvait derrière. Tony recula jusqu'à se coller au mur opposé. Le vieil homme avança à pas feutrés jusqu'au seuil, le doigt sur la détente. Il espérait ne pas rater sa cible.

Tout aussi terrifié que Tony, il exprimait à travers son regard une angoisse jamais ressentie jusqu'à présent. Ses muscles devenaient lourds, manquaient d'énergie. Il commençait à regretter d'avoir emmené Tony avec lui.

— Tu peux venir me rejoindre.

Tony obéit avec une certaine appréhension. Ça lui semblait à la fois facile et bizarre. En voyant les rayons du soleil qui annonçaient le lever du jour, il avança prudemment, et garda en ligne de mire l'entrée de la cabane. Toujours avec son lance-pierre, prêt à tirer si le fantôme se manifestait.

Un pas… Deux pas… Trois pas… Quatre pas… Ce fut là que l'horreur se produisit. Le vieil homme disparut du champ de vision de Tony, comme tiré par une force surhumaine. Une si grande force que le fusil se trouva arraché des mains de son propriétaire ; il heurta au sol.

Tony s'avança à pas de loup jusqu'à la porte, en limitant le bruit de sa respiration. Même si l'idée ne lui plaisait guère, il devait à tout prix s'emparer du fusil pour essayer d'intimider la menace qui rôdait dehors. Mais trop tard. Une main apparut furtivement et s'empara de l'arme avant de disparaître. Puis des pas se firent entendre. Quelqu'un arrivait.

« *Est-ce le fantôme ?* »

Il se recroquevilla sous le banc, les larmes aux yeux.

— Je sais que tu es là, dit une voix. Sors de ta cachette, je ne te ferai aucun mal.

Tony sursauta silencieusement en voyant des pieds se matérialiser juste devant lui. Des pieds qui firent le tour de la cabane avant de s'arrêter à nouveau sous ses yeux.

Cette silhouette appartenait à une femme ; cela se voyait à ses formes éclairées par le lever du soleil. Elle possédait aussi cette voix douce, presque apaisante, qui invitait Tony à la rejoindre. Il sortit de sa cachette, terrorisé, et se dressa sur ses jambes. La silhouette se baissa pour que sa tête fût au même niveau que la sienne.

— Es-tu un gentil garçon ?

— O... oui.

La silhouette ouvrit une de ses mains, dévoilant ce qu'elle contenait : un bijou.

— Alors pourquoi voulais-tu voler ceci ?

Tony ne répondit pas tout de suite, effrayé par cette femme qui se tenait devant lui. Elle serrait le joyau dans un morceau de tissu dont Tony n'arrivait pas à discerner la couleur exacte. Ce bijou devait vraiment avoir une grande valeur.

— Ce n'est pas moi.

— C'est le vieux monsieur que tu accompagnais ?

— Oui. Il m'a dit qu'on irait à l'aventure chercher un trésor et qu'après sa vente, il me donnerait la moitié de l'argent gagné.

— Je te crois sur parole, mon petit. Mais si tu me mens, ou que tu recommences, je reviendrai te chercher. Me suis-je bien fait comprendre ?

Il fit oui d'un signe de tête avant de demander :

— Êtes-vous le fantôme ?

— De quoi parles-tu, mon enfant ? Ça n'existe pas, les fantômes.

— Pourtant, mon grand-père raconte tout le temps que…

— Le vieux monsieur t'a menti. Il n'y a aucun fantôme, il n'y en a jamais eu. Ce ne sont que des histoires pour faire peur.

Tony baissa la tête en signe de soumission. Il pensait que cette femme était le fantôme mais il avait vite compris que ça ne pouvait pas être possible. Les fantômes étaient invisibles et pouvaient traverser les murs. C'était ce que tous les enfants disaient à leur sujet.

« Ce ne sont pas des êtres physiques, mais spectraux », pensait Tony.

Il avait raison, mais il avait eu une confiance aveugle envers son grand-père.

La femme prit Tony contre elle, comme une mère dorlotant son bébé.

— Bien ! Je vais t'accompagner jusqu'à ton grand-père. Je vais le punir pour cette mauvaise action, et tu vas assister à cette sentence. Pour que cela te serve de leçon. Et ensuite tu pourras rentrer chez toi. D'accord ?

— Oui.

— Mais attention, si tu tentes de revenir ici pour prendre le trésor, je viendrai te chercher chez toi et je t'emmènerai loin d'ici pour te châtier. Suis-je claire ? dit-elle d'un ton sévère et menaçant.

— Oui, madame ! Mais qu'allez-vous faire de…

La femme plaça un doigt sur la bouche de Tony en lui murmurant d'une voix calme :

— Comme je te l'ai déjà dit, il sera puni… et il souffrira beaucoup. Maintenant, ferme les yeux.

Tony tremblait de peur. Il voulait savoir comment son grand-père allait souffrir. Mais il s'abstint, craignant d'agacer cette femme avec ses questions.

La femme lui banda les yeux avec ce qui ressemblait à un vieux t-shirt sale. Puis elle se redressa et prit la main de l'enfant avant de se ruer à l'extérieur, dans la fraîcheur matinale.

Chapitre 1

Une nouvelle vie, un nouveau départ. C'était ce qu'espérait Daniel Stermann. Cela faisait plus de deux heures qu'ils étaient sur l'autoroute, lui et ses faux jumeaux, Maël et Steven. Les deux frères avaient quinze ans et venaient de terminer leur première année au lycée. Ils avaient les mêmes yeux noisette et cheveux noirs que leur père, sauf que Steven les avait teints en blonds. On devinait facilement la silhouette svelte de Maël, contrairement à son frère qui, lui, avait une corpulence un peu plus sportive.

Suite à des problèmes avec leur mère, ils avaient dû terminer leur année scolaire dans la région lyonnaise avant de venir s'installer à Ornans avec leur père.

Leur mère vivait des moments très sombres depuis très longtemps, suffisamment pour les faire fuir. Les jumeaux essayaient désespérément de trouver du confort auprès de leur père, contraint de les emmener à plusieurs centaines de kilomètres de là. Ils avaient besoin d'un soutien que leur père peinait à leur donner : les adolescents préféraient la compagnie de jeunes gens de leur âge. Heureusement, les vacances d'été seraient l'occasion de s'adapter à leur nouvelle vie et de se faire de nouveaux amis.

Daniel était né à Ornans. Il avait quitté cette ville pour s'installer à Lyon, il y a vingt ans, avec son ex-femme. Leur rencontre remontait au lycée, à l'époque de leurs seize ans. Depuis, ils ne s'étaient plus lâchés. Mais des événements, que Daniel n'aimait pas évoquer, l'avaient poussé à demander le divorce. Sa sœur l'attendait et acceptait de l'héberger le temps de se retourner, de trouver du travail et un appartement. Daniel avait coutume de dire que « *tôt ou tard, on revient toujours aux sources* ».

Pour revenir chez lui, « *aux sources* », il emprunta l'A39, puis la sortie 7 en prenant la direction de Salins-les-Bains. À partir de là, plusieurs routes permettaient de se rendre à Ornans. Il choisit sans la moindre hésitation celle qui passait par Nans-Sous-Saint-Anne, et menait à la Source du Lison : un lieu touristique très apprécié.

— Pas fatigués, les gars ?

— Non !

Steven donna un coup de coude à son frère, un casque rivé sur les oreilles, la musique assez forte pour ne pas avoir entendu son père.

— Quoi ? rétorqua-t-il, surpris.

— Le père te demande si ç'a été le voyage ?

— Ah oui ! Très bien !

Maël remit son casque sur la tête. Steven préférait fouiner son portable, ou regarder les paysages qui défilaient devant lui pendant les longs trajets.

— Arrête de m'appeler « le père ». J'ai l'impression d'être un curé.

— Tu vas peut-être le devenir si tu ne trouves pas vite une femme. Une vraie femme.

— Et si en célébrant un mariage je vois de jolies dames d'honneur, je fais quoi ? Je fonce ?

Steven se retenait de rire. Son père n'avait pas perdu son sens de l'humour.

— Non, tu finis la cérémonie, tu quittes les ordres, et après tu peux aller dans le tas.

— Tu n'es pas mon fils pour rien. Mais toi aussi, tu devrais te trouver une gazelle. Je peux t'expliquer la procédure à suivre pour avoir du succès, si tu veux. Il faudrait juste que tu mettes un terme à ta timidité avec la gent féminine.

— Papa, je te rappelle qu'à ton époque, les choses étaient différentes, dit Steven. Je ne pense pas que les filles d'aujourd'hui aiment les mecs coincés.

— Ne t'en fais pas pour ça. Ta cousine te présentera ses amies.

— Elle est plus vieille que moi, quand même.

— À peine quatre ans de plus. Elle n'est pas vieille.

Steven se tut, le sourire aux lèvres. Ce genre de conversation pouvait le gêner mais son père le mettait vite en confiance, même si ça ne durait qu'un court instant.

Pendant que Daniel se concentrait sur la route, Steven contemplait la campagne par la vitre de la portière. Son frère écoutait avidement une musique que son père n'appréciait pas : le rap. Actuellement, le titre était « Not Afraid » d'Eminem.

Daniel repensait à son passé à Ornans, ses premières années à l'école primaire, le collège puis le lycée. Il ne se souvenait pas de tout évidemment, mais ses meilleures années, il les avait passées ici. C'était son petit coin de paradis. La ville et ses alentours étaient prisés par les touristes, Allemands et Asiatique pour la plupart, mais aussi par les pêcheurs à la mouche que l'on croisait partout où se dévoilait la Loue, une des richesses du coin. La qualité du poisson que l'on mangeait ici surprenait sans cesse les gens. Même les enfants en raffolaient, à l'agréable étonnement des parents.

Les deux frères étaient absorbés dans une profonde réflexion quant à ce que pourrait bien leur réserver ce nouveau départ, loin de leur mère, loin de leurs pires souvenirs.

Steven, toujours serviable, ou presque, était moins compliqué que Maël. Respectueux, calme et plutôt sensible, il était imprévisible par moments. Derrière son apparence presque angélique, Steven accumulait de la colère qui, tôt ou tard, finirait par exploser. « *Méfie-toi de l'eau qui dort* » était le dicton qui lui correspondait le mieux. Il pouvait perdre le contrôle de lui-même et devenir très violent sans forcément se rendre compte du mal qu'il pouvait infliger.

Maël était l'opposé de son frère : souvent malpoli avec les gens qu'il n'aimait pas, voire désagréable. Il répétait que ses seules raisons de vivre étaient les jeux vidéo et la musique. « Ainsi que mater des films pornos », avait ajouté Steven l'année dernière, provoquant la colère de Maël, qui l'avait envoyé dans le décor en lui rentrant dans le lard. Son principal problème s'apparentait à un manque de confiance en soi qui lui venait de moqueries récurrentes subies au collège, et qu'il ne parvenait toujours pas à digérer aujourd'hui. La dernière qu'il avait endurée lors de sa quatrième année au collège se révélait très certainement la pire. Le cancre de sa classe, qui aimait se faire remarquer par tous les moyens, commit l'erreur de lui coller un morceau de papier dans le dos avec pour titre « Je ne sers à rien, alors achevez-moi ! » sans que Maël ne s'en aperçût. Maël était entré dans un accès de rage et de fureur, le poussant à frapper sa victime jusqu'à ce qu'un professeur mît un terme à ce déchainement de violence inouïe. À l'issue de cet épisode qu'il n'oublierait jamais, il fut convoqué à la gendarmerie après un dépôt de plainte. Il en était sorti avec un simple avertissement.

« *Heureusement qu'il n'a qu'un avertissement !* » avait balancé Daniel au visage des gendarmes. Quoi qu'il en fût, Daniel n'aurait rien pu faire de plus.

Suite à cet incident, il eut une discussion avec son fils, pour parler de ce qu'il éprouvait. Mais Maël avait dit à son père qu'il ne voulait plus en parler, qu'il voulait passer à autre chose, et il était resté dans son mutisme. Cet incident s'arrêta là : Daniel respectait la volonté de son fils. Steven voulait l'aider, mais son père lui avait demandé de ne pas insister. Rien de comparable ne s'était produit depuis. Qu'importe, c'était du passé et il fallait aller de l'avant, penser à l'avenir.

Arrivés à Ornans, Daniel s'engagea Rue des Prièvres, jusqu'à la maison de sa sœur. Celle-ci les attendait dehors, sur la terrasse, en compagnie d'un jeune homme. Quand elle les vit, elle se précipita pour aller à leur rencontre, toute excitée.

— Bienvenue dans votre nouveau chez vous, déclara-t-elle en les prenant chacun leur tour dans ses bras.

Chapitre 2

— Installe-toi ! Léon ne devrait plus tarder, dit Gaëlle.

Cette femme brune, souriante et infatigable, d'une quarantaine d'année, tutoyait le mètre soixante-dix. Cet après-midi-là, plutôt que d'aller au cabinet de kinésithérapie qui l'employait depuis huit ans, elle sirotait un diabolo à la fraise en compagnie de son frère Daniel, sur la terrasse. Lui buvait une bière sans alcool, comme à son habitude. Ils abordèrent plusieurs sujets, et en arrivèrent à parler de l'avenir de Daniel et de ses deux fils, en ce moment même à l'étage avec leur cousin et leur cousine.

— Comment les garçons voient les choses, maintenant qu'ils sont enfin libérés de leur mère ?

— Ils ne s'expriment pas trop à ce sujet. Pour tout te dire, je suis presque sûr qu'ils sont ravis, mais c'est juste qu'ils ne le montrent pas.

— Ils tiennent ça de leur père, on dirait, s'esclaffa Gaëlle.

— C'est rien de le dire.

Daniel ferma les yeux et bascula sa tête en arrière, laissant la chaleur étouffante du soleil caresser son visage.

— Que comptes-tu faire ?

— Chercher du travail ou peut-être faire une formation.

— Une reconversion ? À ton âge ?

— Je n'ai que quarante-quatre ans. Des personnes de plus de cinquante ans font des formations.

— Disons que ça reste peu commun. On t'aidera, si besoin.

— C'est gentil ! Mais pour l'instant, je vais voir ce que je peux faire. Mes garçons sont en vacances, ça me laisse le temps de respirer un peu.

— Et puis avec leurs cousins, ils sortiront et feront des connaissances. Ils sont déjà inscrits au lycée ?

— Oui.

— Bien !

Le bruit d'un puissant moteur de voiture se fit entendre au loin : la BMW de Léon. Après être descendu de sa voiture, il rejoignit Gaëlle et Daniel. Il prit affectueusement sa femme dans ses bras et déposa un baiser sur ses lèvres. Officiellement, Gaëlle n'était pas sa femme, ils n'étaient pas mariés, mais Léon aimait la considérer ainsi, car il était fou d'elle depuis toujours.

— Comment il va, le Daniel ? demanda-t-il en lui serrant la main.

— Bien, mais fatigué.

— Pas étonnant, vu le voyage et ce que tu as traversé avec ton ex-femme.

— Et encore, ce n'est pas fini.

— Bon, vous voilà entre hommes. Je vais préparer vos chambres, dit Gaëlle en se volatilisant.

— Et les jeunes, ils vont bien ?

— Très bien. Je pense que cet été va leur être bénéfique. Dès demain, je les emmène faire une petite randonnée à la Source du Lison.

— Un de tes endroits préférés, si je ne m'abuse ?

— Ouais ! Tous les gens d'ici et des villes alentours aiment cet endroit. Le bruit de la nature et des cascades m'apaise intérieurement. Puis je leur parlerai d'homme à homme, histoire de savoir ce qu'ils attendent de leur nouvelle vie, de leurs envies.

— Et pour le boulot, tu vois les choses comment ?

— À peine arrivé et tu veux déjà que je parte ? demanda Daniel pour charrier.

Léon prit une bière sur la table en bois, en souriant à Daniel.

— À ta santé.

Daniel lui renvoya la politesse et ajouta :

— Sérieusement, je pense voir ce qu'il y a à faire dans le coin. Je trouverai forcément quelque chose qui me correspond, qui soit fait pour moi.

— Oui, restons positifs, mon cher. Pour te détendre, tu pourras aussi emprunter mon quad.

— Toujours pas vendu ?

— Non, finalement, je le garde. Mon petit doigt me dit que je vais le regretter si je le vends.

— Super ! Une distraction de plus.

Un sourire radieux se dessinait sur le visage de Daniel. Une excursion sauvage dans la nature en quad, il ne pouvait guère rêver mieux.

À l'étage, Maël et Steven s'occupaient avec leur cousin Léo. Leur cousine se préparait dans sa chambre, pour une soirée entre filles.

Maël regardait les jeux vidéo qui s'accumulaient dans un meuble en bois vernis, et qui augmentaient d'année en année.

25

Steven parlait avec Léo tout en regardant les films qu'il possédait sur son disque dur.

— Tu possèdes combien de films, exactement ?

Léo flemmardait sur sa chaise de bureau, les yeux rivés au plafond, hésitant, avant de répondre.

— Plus de cinq-cents. Et quelques séries en plus de ça.

— En plus de ça ? Petit joueur.

— Pourquoi tu n'as pas emmené le tien ?

— Parce que cette alcoolique qui nous sert de mère a tout effacé pour le revendre.

— Ah ! C'est moche ça, lâcha Léo, qui voulait vite changer de conversation.

Les deux frères ne parlaient plus de leur mère depuis que ses mauvaises fréquentations l'avaient entraînée dans la drogue et l'alcool. Ils avaient été frappés à plusieurs reprises. Elle finissait toujours par s'excuser en promettant de ne plus jamais recommencer. Mais ce n'étaient que des mensonges. Elle récidivait tôt ou tard. Au départ, seulement de temps en temps, puis de plus en plus fréquemment. Cette violence avait épuisé psychologiquement les deux frères. Daniel n'était jamais parvenu à la faire décrocher ; ses seules issues furent le divorce et l'éloignement, pour son bien et celui de ses fils.

— On verra sur console si t'es toujours un petit joueur.

— Ne t'inquiète pas pour ça, Steven. Je n'ai pas perdu la main, loin de là.

Léo baissa la tête en direction de ses cousins.

— Je vous présenterai quelques potes, vu qu'on fréquentera le même lycée à la rentrée.

— On ira à une soirée la semaine prochaine avec nos parents, dit une voix dans le couloir. Je pense qu'ils proposeront à Daniel de venir, ce qui serait bien.

Une fille d'une vingtaine d'année au visage fin, avec des yeux bruns, entra dans la chambre : c'était Lucie, la sœur de Léo. Habillée d'un jean noir et d'un débardeur blanc, elle tenait une veste en cuir dans une main et un peigne dans l'autre.

— J'espère que vous viendrez. Léo compte vous présenter ses andouilles d'amis ; je ferai de même avec les miens. En plus, il y aura des filles.

— Tu parles comme s'ils étaient encore puceaux ! constata Léo.

— Ah ! ce n'est pas le cas ? fit remarquer Lucie, qui jubilait.

— Je suis sûr que non.

— Qu'est-ce que t'en sais, frérot ! Avec un peu de chance, peut-être qu'ils ont déjà connu ce plaisir qu'est le sexe. Contrairement à toi.

— T'en sais rien !

— Avoir une nana et se servir de sa main droite, ça n'a rien à voir.

Maël et Steven partirent dans un fou rire. Et ils furent suivis dans leur lancée par Léo et Lucie.

— Bon, allez les gars ! Je vous laisse ! Et je vous conseille de vous pointer à cette soirée.

Elle sortit de la chambre au moment où Léo saisit un oreiller et le lui jeta. Elle eut juste le temps de fermer la porte.

— Toujours aussi lent, dit-elle derrière le battant.

— Elle est toujours aussi agréable notre cousine, fit remarquer Steven, en se tournant vers son frère.

— Jamais elle ne changera. Mon pauvre Léo, on te plaint.

— Merci beaucoup de votre compassion. C'est son humour un peu décalé, et encore, ce n'était rien, ça. Mais je l'adore quand même.

— Comme toujours, dirent en chœur les deux frères.

— Je change de sujet mais vous êtes prêts à faire une virée avec votre père, demain ?

Maël se frappa le front du plat de sa main. Lui qui connaissait si bien son père, il avait oublié son rituel d'aller se balader dans les lieux touristiques à chaque fois qu'ils venaient à Ornans. C'est-à-dire très rarement. Leur mère préférait aller en vacances où ils n'étaient jamais allés auparavant. Les dernières en date s'étaient déroulées au Portugal, à Lisbonne. Ils y étaient restés deux semaines, à déguster les spécialités du pays, sans oublier de visiter les attractions touristiques. Maël était l'un de ces adolescents qui trouvaient plus agréable de programmer des sorties, pour passer toujours plus de temps avec leurs amis, que de partir loin de chez eux. Contrairement à son frère, il ne parvenait que très rarement à voir le bon côté des choses. C'était presque un défaitiste. Steven lui avait souvent balancé au visage que s'il continuait à voir les choses sous cet aspect-là, il allait finir comme leur mère.

— Super ! dit Maël, visiblement dégouté.

— Ça ne sert à rien de se plaindre ! rétorqua son frère, qui le tapa d'une main sur le dos.

— C'est juste une balade, dit Léo.

— Une balade de quelques heures. Je ne comprends pas pourquoi notre père veut toujours aller se faire une excursion le lendemain de notre arrivée. Il nous la fait à chaque fois.

— L'amour pour ses racines, rappela Steven. Et il va nous emmener à la Source du Lison. Le bruit des cascades est agréable, je trouve.

— Et il va se taper la discute avec des pêcheurs pendant des heures. Pire qu'une concierge, le père.

— Vois les choses sous un autre angle. Pendant qu'il parlera, on ira en haut de la cascade.

— Bonne idée, dit Léo.

— Pas mal ! admit Maël. Je te balancerai à l'eau, comme ça.

— Quand tu veux.

Steven avait le sourire ; il croisait les doigts pour que son frère fût heureux et bien dans sa peau, à présent que leur vie reprenait à zéro.

Pendant l'heure du dîner, à l'extérieur, sur la terrasse, la joie et la bonne humeur étaient au rendez-vous : les adultes d'un côté de la table, les jeunes de l'autre, sans Lucie, absente jusqu'au lendemain.

Ils venaient de finir le plat principal et le fromage n'allait pas tarder à être servi. Léon faisait partie de ces gens qui ne pouvaient pas concevoir de repas sans fromage. Il opta pour du comté, Daniel et Gaëlle pour du fromage de chèvre. Les trois jeunes ne prirent rien, préférant laisser le peu de place qui restait dans leurs estomacs pour le dessert : un appel pie, cette pâtisserie si fondante dans la bouche qu'on pouvait croire qu'elle se confectionnait avec une compote de pomme.

— Prêt pour demain, Steven ? Je sais que ton frère n'aime pas la forêt, mais je souhaite qu'on passe un bon moment tous les trois.

— Je n'aime pas la nature tout court.

— Tu es toujours aussi compliqué, fit remarquer Léon.

— C'est l'un de mes défauts, se défendit maladroitement Maël.

— Tu pourrais faire un effort, tu sais, dit Steven d'une voix badine et encourageante.

— Ah bon ? Et toi, ton pire défaut c'est d'être mal à l'aise avec les gonzesses et je ne t'ai jamais vu faire des efforts, pourtant.

Steven se tut, foudroyant son frère du regard. Il n'aimait pas parler de ses défauts devant les autres ; ça le mettait encore plus mal à l'aise que s'il était devant une fille qui lui plaisait.

— On se calme, les gars, intervint Daniel. Steven, laisse ton frère tranquille, et Maël, je te demande juste un peu de ton temps pour qu'on en profite ensemble. Après, tu feras tout ce que tu voudras de tes vacances. Et ne confonds pas défaut et manque de goût. Le manque de confiance de ton frère est un défaut ; ne pas aimer la forêt est un manque de goût.

Un malaise qui déçut Gaëlle commençait à planer sur la tablée. Les retrouvailles familiales avaient si bien commencé qu'elle n'arrivait pas à croire que tout venait d'être mis en l'air.

Finalement, elle déclara :

— Vous pouvez sortir, les jeunes, mais ne faites pas de boucan.

— C'est noté, affirma Léo à sa mère en lui faisant un clin d'œil.

Quand les trois garçons furent hors de vue, le trio d'adultes se regarda. Daniel poussa un soupir.

— Excusez-moi pour l'attitude des garçons. La situation semble aller bien vite pour eux.

— T'inquiète pas, on sait ce que c'est, dit Léon. Puis franchement, ce sont des anges à côté de Lucie.

— À elle seule, elle nous faisait une belle misère pendant son adolescence, surtout pour les histoires de cœur, ajouta Gaëlle.

— Ou pour sortir avec sa bande.

— Elle a quel âge, précisément ?

— Dix-neuf ans.

— Déjà ? Je dois avouer que je n'ai jamais eu une bonne mémoire pour me souvenir de l'âge des autres. Et elle fait quoi comme étude ?

— Elle va rentrer en première d'année d'école d'infirmière, répondit Léon.

— Elle semble bien se débrouiller. Je désire la même chose pour mes garçons.

Daniel sentit quelque chose se glisser sur un de ses mollets. Il y jeta un bref coup d'œil tout en le touchant par réflexe. Sa réaction fut immédiate : il se leva aussi rapide que l'éclair et secoua sa jambe en criant.

— Casse-toi, saloperie ! Dégage !

À force de brimbaler ses jambes, la chose fut projetée à quelques mètres de lui et Gaëlle put se rendre compte de ce dont il s'agissait. Un serpent immobile les observait.

— Daniel, il t'a mordu ? demanda Gaëlle, très soucieuse. Vérifie, on ne sait jamais. Ça me rassurerait.

Daniel remonta son pantalon jusqu'au genou, sans constater aucune morsure.

— Pas de panique, dit Léon, ce serpent n'est pas venimeux. Si ç'avait été une vipère aspic, là, ç'aurait été autre chose.

Daniel fut troublé par ce qui suivit, car une dizaine de serpents de différentes espèces se joignirent au premier. Ces serpents restèrent là quelques secondes, à fixer les trois humains devant eux. Puis ils s'en allèrent dans la végétation qui entourait l'ensemble de la maison. Pour Gaëlle et Léon, ce n'était rien : ils avaient l'habitude d'en voir. Mais pour Daniel, qui n'avait pourtant pas la phobie des reptiles, c'était une armée.

Chapitre 3

Le lendemain, aux alentours de midi, Daniel et ses fils arrivèrent sur le parking du site du Lison. En sortant, Daniel se rendit immédiatement dans la petite cabane où étaient disposées diverses pancartes. Celle sur un fond noir attira Daniel, qui lut le titre.

Le site du Lison

Une source, un procès, une loi

En bas, deux textes racontaient les origines de cette source si fascinante, si envoûtante. Il était le seul à les lire ; ses deux garçons se contentaient de les regarder.

Le visage de Maël était impassible. On ne savait pas s'il était heureux ou désespéré d'être ici. Son père lui avait demandé de laisser son casque audio dans la voiture, et, à sa grande surprise, il l'avait fait sans râler. Ce simple fait avait insufflé un semblant d'espoir à Daniel. Steven, lui, restait plutôt silencieux à côté de son père, à examiner la carte qui représentait les sentiers de randonnée. Daniel se disait que malgré le silence de ses deux fils, ils devaient sortir et respirer l'air frais et paisible dont seule la nature connaissait le secret. *« Inspirez-moi cet air qui va vous purger le cerveau du stress et de l'angoisse »*, disait souvent Daniel. Surtout à Maël, avec lequel il avait eu le plus de conflits au collège. Non seulement ses profs lui faisaient des remarques sur son comportement désobligeant qui s'achevaient sur des crises de colère, mais le garçon lui-même avait en outre accumulé de mauvaises fréquentations pendant cette période, en plus d'avoir mal vécu de s'être fait rejeter – de quelque manière que ce fût.

Avec Steven, il n'avait quasiment eu aucun souci, à part les bêtises que tous les adolescents faisaient : parler en classe ou ne pas faire un devoir. Il lui arrivait aussi parfois de faire des foucades en trouvant des prétextes pour sortir tous les jours, en s'exprimant comme un gamin auquel on aurait refusé un bonbon. Steven détestait la solitude et son père le comprenait, car lui-même y avait été confronté par le passé à cause de ses problèmes d'alcool.

En avançant un peu plus loin, un son familier commença à se faire entendre : celui d'une cascade, à la fois doux et apaisant. Daniel sourit et Maël se mit à courir vers la chute d'eau, aussi excité qu'un enfant devant un cadeau surprise. Daniel en fut ravi.

— Je vais aller là-haut, annonça-t-il.

Steven et Daniel n'eurent le temps de protester que Maël partit comme une fusée. Il courut jusqu'en haut de la petite cascade, en passant par un chemin sur la gauche. Daniel se trouvait près de la rivière dans laquelle la Source du Lison déchargeait sa puissance naturelle. De là, il put voir son fils qui levait les bras en criant « Je suis le roi du monde ».

— Ça fait du bien de le voir comme ça, s'exclama Steven.

— En espérant que ça dure longtemps. Attendons de voir.

— Des années que l'on n'est pas venu. On dirait qu'au temps du moyen-âge, il y a eu un château ici.

— C'est vrai, mon fils. On dirait vraiment que ces murs sont les restes d'un château. Il n'y en a jamais eu. Néanmoins, je trouve que ça donne un certain charme.

Daniel lui fit une petite accolade avant de s'asseoir sur un des rochers proches de la cascade. Le point de chute l'éclaboussait de gouttelettes qui lui rafraîchissaient légèrement le visage ; il ferma les yeux. Un lac, une mer, une rivière : ça lui permettait de se changer les idées quand il traversait une période douloureuse. C'était le moment parfait.

— Hé ! en bas ! Montez au lieu de rester comme des vieux à rien foutre, balança Maël dans un élan de joie.

— Va piquer une tête dans l'eau plutôt que de crier, lui suggéra Steven.

— Allez, monte !

— Bon, j'arrive !

Steven s'exécutait à contrecœur. Il se sentait bien là où il se trouvait, mais face aux geignements de son frère, il préféra lui faire plaisir plutôt que de supporter ses lamentations. Il se disait malgré tout que ça en valait la peine. Que ça garderait son frère de bonne humeur et que la journée allait bien se passer. Il y croyait.

Steven commençait à monter lentement, restait prudent devant les difficultés de certains endroits. Une fois arrivé près de son frère, une voix hurla.

— Non ! N'allez pas vers l'eau. Elle va vous tuer !

Steven sursauta et fit volte-face. En levant la tête, il aperçut un enfant recroquevillé contre la roche, comme s'il avait peur de quelque chose. Un détail le perturbait : les yeux de l'enfant le fixaient mais son regard semblait vide. Steven se rendit prudemment à sa rencontre et celui-ci détourna son visage quand il le vit arriver. Il tremblait et paraissait perdu. Pour arriver à cette hauteur, il était passé par ce que Daniel appelait « *La petite grotte* ». Quelques marches glissantes à gravir et, en dix secondes, on se retrouvait là-haut.

Steven craignait de le voir s'enfuir s'il arrivait brutalement. Il constata que l'enfant se trouvait dans une impasse et que la fuite était impossible. Il ne bronchait pas.

Steven comprit qu'il était dans une situation délicate. Il ne savait pas comment s'y prendre. Il tenta d'engager la conversation.

— Est-ce que tout va bien ?

« Mais quel abruti », pensa-t-il. L'enfant au teint pâle paraissait apeuré et déboussolé. Demander si tout allait bien n'était pas la question adéquate. Et de toute évidence, il avait la réponse sous ses yeux.

— Qu'est-ce qui se passe ?

Maël arriva près de son frère, une main sur le genou droit. Il grimaçait.

— Ne me regarde pas comme ça. J'ai couru, et fidèle à moi-même, je me suis ramassé. Et contre de la roche, ça fait mal.

Il remarqua l'enfant aux côtés de Steven, ce qui éveilla sa curiosité.

— C'est moi ou j'ai l'impression que cet enfant n'est pas dans son assiette ?

— Non, il n'est pas bien. Et je ne sais pas pourquoi, répondit Steven. Je ne sais pas comment m'y prendre. Tu as une idée ?

— Il s'appelle comment ?

Voilà la question que Steven aurait dû poser en premier lieu. Il se sentait bête à côté de son frère. Il le remercia et posa la question.

— C'est quoi ton nom, bonhomme ?

— Je… Tony.

— Tony, qu'est-ce que tu fais ici ?

Tony pivota la tête doucement en direction des deux frères. L'expression de son visage était effrayante. Ses yeux semblaient sur le point de sortir de ses orbites. Sa respiration saccadée inquiétait les deux frères. Il ne répondit pas.

— Tu n'es pas asthmatique, au moins ? demanda Maël.

Tony secoua la tête et prit la parole.

— Je fais des crises de tétanies, parfois.

Steven reposa sa question, encore plus inquiet :

— Qu'est-ce que tu fais ici ? Tu es seul ?

Tony planta son regard dans celui de Steven. On eût dit qu'il venait de voir un fantôme.

— Je ne suis pas seul. Du moins, je ne l'étais pas. J'accompagnais mon grand-père. Oui… c'est ça… Grand-père. Mais nous avons fait des bêtises. Ma bêtise à moi… elle était toute petite… alors je suis toujours vivant.

Steven et Maël se regardèrent et ne surent plus quoi penser. Cet enfant, ce Tony, était étrange et son récit avait tissé un voile de malaise.

Maël voulait en avoir le cœur net.

— Et ton grand-père, où se trouve-t-il maintenant ?

— Mort. Puni par les serpents. Ma punition à moi… C'était de le regarder se faire punir, le regarder mourir. Pour que j'arrête les bêtises. Les serpents punissent ceux qui font des bêtises.

Steven voulut se relever mais Tony s'agrippa à lui et paniqua.

— Non, s'il vous plait. Ne me laissez pas seul. Aidez-moi. Allez chercher mon grand-père. Allez chercher son corps. J'ai trop peur, moi.

— Ça va, les garçons ?

Ils auraient pu sursauter en voyant que leur père était arrivé sans faire de bruit, mais sa présence les rassurait.

— Papa, on a besoin de toi. On a trouvé cet enfant complétement effrayé. Et il dit des trucs bizarres.

Tony se jeta contre Daniel, le serra fort et se mit à pleurer.

— Hé, petit gars, que t'arrive-t-il ?

— Mon grand-père est mort et l'eau est froide. J'ai peur d'aller le chercher. Et j'ai peur des serpents.

Daniel fut désemparé : il ne comprenait ni ce qu'il se passait ni le comportement de cet enfant. Il tentait de garder son calme. Ses fils étaient suffisamment inquiets comme ça pour ne pas en rajouter. Daniel alla droit au but.

— Où est ton grand-père ?

Tony tourna la tête vers le fond de la grotte, là où il faisait sombre. Et il pointa quelque chose du doigt.

Daniel et ses fils discernèrent une silhouette flottant à la surface de l'eau. Une silhouette… humaine.

Par réflexe, Daniel sortit son téléphone et composa le dix-sept. En attendant qu'on lui répondît, il emmena l'enfant à l'écart en lui affirmant qu'il allait sortir son grand-père de l'eau. Même si c'était faux ; les secours allaient s'en charger.

Ses deux fils le suivirent, perturbés par ce qu'ils venaient de découvrir… et par le récit de l'enfant.

Alors qu'il résumait la situation à l'interlocuteur à l'autre bout du fil, lentement, ils descendirent, lui, ses deux fils et Tony, à l'écart de la Source du Lison. Daniel ne souhaitait que deux choses dorénavant : mettre l'enfant en lieu sûr et rentrer chez lui.

Chapitre 4

Des points violacés sur les mollets et une marque autour du cou se distinguaient sur le corps qui venait d'être repêché un instant plus tôt par la gendarmerie. Le commandant Paul Tillet observa le cadavre une dernière fois avant de se relever.

— Qu'ils emmènent le corps, ordonna-t-il. Et que le médecin légiste me contacte une fois l'autopsie terminée.

— Bien, commandant !

Daniel et ses deux fils se tenaient à deux pas du lieu de leur macabre découverte, où les représentants de l'ordre faisaient leur travail. Les deux frères ne lâchaient pas le spectacle des yeux. C'était la première fois qu'ils voyaient ça ailleurs qu'à la télévision. Ce qui les fascinait le plus, c'étaient ces personnes dans leurs combinaisons blanches et leurs gants en latex. Une bande jaune portant l'inscription « Police Technique et Scientifique – Zone Interdite » barrait la route aux visiteurs.

Le commandant se dirigea vers le trio avec une démarche assurée.

— Bonjour, commandant Tillet de la gendarmerie d'Ornans. C'est donc vous qui avez trouvé la victime ?

Daniel prit la parole.

— L'un de mes fils avait aperçu un enfant seul et effrayé, qui hurlait de ne pas aller dans l'eau à cause d'un monstre ou de je ne sais quoi.

La situation avait plongé le commandant dans une certaine perplexité. Il se gratta la tête, un réflexe qui lui venait chaque fois qu'il était nerveux.

Nerveux ? Mais à cause de quoi ? Il n'en était pas sûr.

— Oui, nous connaissons ce jeune garçon. Le vieil homme repêché est son oncle, mais il l'appelle grand-père. Enfin... l'appelait, devrais-je plutôt dire.

Daniel n'était pas insensible et ne s'en fichait pas, mais il voulait rentrer le plus rapidement possible. Il sentait le malaise de ses fils même si, en apparence, tous les deux semblaient aller bien.

— Habituellement, je reconnais vite les gens que je croise. Tout le monde se connaît ici, ou presque. Vous n'êtes pas du coin, n'est-ce pas ?

« Et alors, ça pose un problème ? » pensa Daniel.

— Si, je le suis, mais j'ai déménagé il y a une vingtaine d'années, avant de revenir.

— Pour quels motifs ?

— Pour raisons personnelles, cela ne vous regarde pas.

Paul Tillet resta bouche bée. Cela faisait très longtemps que personne ne lui avait répondu de la sorte pendant son service.

Paul et Daniel se fixèrent un moment, un très long moment. Finalement, le commandant fut interrompu par l'un de ses collègues, venu le prévenir qu'ils pouvaient tout remballer.

— Pour l'instant, la seule chose, ou plutôt la seule personne qui nous intéresse, c'est vous, Monsieur Stermann. Je sais que vous avez déjà répondu aux questions de mes collègues, cependant, je voudrais savoir où je pourrais vous joindre. J'aurai peut-être de nouvelles questions d'ici là.

— Chez ma sœur, à Ornans. Elle s'appelle Gaëlle Stermann, et son petit-copain, c'est Léon Mortreux, un agent immobilier, que vous devez certainement connaître.

Le commandant griffonna les informations données par Daniel, puis s'adressa à lui une dernière fois :

— Je le connais, effectivement. Très bien ! Merci à vous, Monsieur, vous pouvez y aller !

Le commandant fut sur le point de partir mais se ravisa.

— Ah ! une dernière chose pendant que j'y pense. Faites attention quand vous venez ici, ou dans d'autres lieux touristiques. Beaucoup de gens sont morts par empoisonnement. Il y a une surpopulation de serpents dans les parages. Vaut mieux prévenir que guérir. Et de préférence, ne venez jamais seul. C'est un conseil.

Il tourna les talons aussitôt ces derniers mots prononcés. Daniel n'était pas dupe : il se doutait bien qu'il avait agacé le commandant et ne se sentait pas fier. Il ne le regrettait pas pour autant ; il n'avait rien à se reprocher.

Un cri masculin se fit entendre au loin.

— Putain ! Encore ces saloperies de reptiles.

— Décidément, c'est la période, dit Daniel. Allez, les garçons, on y va !

— Excusez-moi… Monsieur.

Une femme rousse se précipita à sa rencontre. Cassée en avant comme si elle s'apprêtait à vomir, elle reprenait son souffle.

— Vous êtes la personne qui a trouvé le cadavre ?

« Et la politesse, tu connais ? »

Daniel aurait voulu laisser libre court à son agacement, mais il garda son sang-froid.

— Et vous êtes ?

La femme se sentait gênée de ne pas s'être présentée. Elle passa une main dans ses cheveux en désordre.

— Caroline Liot, je suis journaliste.

— Vous auriez dû vous présenter d'abord, cela nous aurait fait gagner de précieuses secondes.

« Si je commence à faire des remarques en étant désagréable, c'est moi qui vais faire perdre du temps », se dit-il.

Il ne savait pas si cette réaction soudaine et agaçante venait de la situation actuelle.

Autant répondre et satisfaire cette journaliste surgie de nulle part car, il s'en doutait, elle allait lui poser des questions. Logique, c'était son métier. Daniel décida de prendre les devants pour gagner du temps.

— Allez-y, je vous écoute.

— Merci beaucoup, Monsieur. Ça me permettra de compléter les dires de la gendarmerie.

Daniel commençait à perdre patience et Steven le voyait parfaitement ; il connaissait bien son père. Maël ne prêtait pas attention à ce qui se passait : il semblait ailleurs, soucieux et fébrile.

— Est-ce vous qui avez trouvé le corps ?

Daniel était consterné. Cette femme qui se prétendait journaliste n'avait-elle pas questionné la gendarmerie pour obtenir cette information ? Peut-être qu'elle était débutante.

— Non, ce sont mes fils qui ont découvert l'enfant. C'est lui qui leur a indiqué où se trouvait un cadavre flottant dans l'eau.

Caroline nota toutes ses informations avec une pétulance déconcertante. Son bloc-notes était petit mais bien rempli. Daniel remarqua seulement maintenant qu'elle portait une sacoche noire. Certainement un appareil photo.

— Et après, qu'avez-vous fait ? Vous avez tenté d'aller récupérer le corps ?

— Euh… non. J'étais choqué de trouver un cadavre, déjà, alors aller le chercher, ça me paraissait impensable. J'ai tout naturellement appelé les forces de l'ordre qui sont venues rapidement, suivies des pompiers. C'est tout, en ce qui nous concerne.

— Et vos enfants se sont sentis comment après cette tremblante mésaventure ?

La façon dont Caroline l'interrogeait l'amusait un peu. Elle semblait hésitante quand elle parlait, comme si elle choisissait minutieusement chaque mot qu'elle employait. Mais Daniel reprit vite son sérieux.

— Perturbés. Écoutez, on doit absolument rentrer et on n'en sait pas plus. Vous nous excuserez, mes fils et moi. En plus, de nombreux serpents rôdent dans le secteur. J'ai entendu il n'y a pas moins de deux minutes un gendarme crier contre ces reptiles.

Caroline semblait aussi gênée que lui. Elle avala sa salive et lâcha un sourire timide mais franc. Quelque chose devait l'effrayer, à moins que ça ne fût une étrange impression qu'elle dégageait.

— Merci encore, dit-elle. Bonne journée !

Maël et Steven suivirent leur père de très près. Daniel tourna la tête dans tous les sens – c'était sa façon à lui de se décrisper. Exactement comme la veille, lorsqu'un serpent s'était trouvé à quelques centimètres de lui. Avant d'aller se coucher, il avait regardé partout, même sous le lit. Il ressentait des appréhensions en voyant ces bêtes, surtout quand elles attaquaient. Depuis toujours.

À force d'observer tout ce qui se trouvait autour de lui, son regard s'arrêta sur une silhouette derrière un arbre, juste après le petit pont qui menait de l'autre côté de la rivière. Ce n'était ni un serpent ni un enfant. Non, il s'agissait d'une femme à la chevelure blonde qui lui souriait. Ses yeux devaient le tromper à cause du choc ; elle devait avoir l'air aussi épouvantée qu'eux-mêmes l'étaient mais, d'une façon qu'il ne pouvait pas expliquer, il voyait un sourire figé.

« Bizarre. »

— Monsieur, vous devez partir immédiatement !

Le gendarme l'avait sorti de ses pensées. Son rythme cardiaque accéléra sous l'effet de surprise.

Instinctivement, ses yeux se posèrent de nouveau à l'endroit où il avait aperçu la silhouette. Sauf qu'elle n'était plus là. Cette femme avait disparu.

Une question vint à l'esprit de Daniel : avait-il réellement vu une femme, ou était-ce le fruit de son imagination qui lui jouait des tours à cause de ce qui venait de se produire, à la Source du Lison ?

Chapitre 5

Un corps vivant… mais prostré. Un corps avec une âme… au regard vide, englouti par la peur. Les yeux rivés sur la rivière, tremblotant, incapable de s'exprimer. Daniel n'arrivait pas à se sortir de la tête l'image du jeune garçon choqué que ses fils avaient retrouvé lors de leur promenade. Cela l'empêchait de trouver le sommeil. Juste ça.

« Juste ça ? Juste l'image du garçon apeuré ? » pensait-il.

Oui, juste ça ! C'était une évidence.

En y réfléchissant mieux, il se remémora l'instant où son regard avait fixé le visage de cette mystérieuse femme blonde dans la forêt. Mais une question demeurait toujours dans son esprit : était-elle réelle ? Le reste de l'après-midi et même pendant le dîner, il y avait repensé. Il avait réfléchi un nombre incalculable de fois à la raison qui avait poussé cette femme à se cacher… Si, bien sûr, elle ne s'avérait pas le fruit de son imagination.

Il eut un sourire nerveux à force de penser à tout-va.

« Si elle est réelle, est-ce la meurtrière ? Celle qui a puni le vieil homme, d'après les dires de l'enfant ? »

Daniel cogitait encore, espérant aboutir à une réponse. Mais pourquoi donc ? Il n'éprouvait aucune empathie pour ce garçon qui venait de perdre un proche. Ce n'était pas son truc. Il n'était pas insensible, mais avec les années, il s'était forgé une carapace pour dissimuler ce qu'il ressentait. C'était son père qui lui avait suggéré de ne pas dévoiler ce qu'il avait sur le cœur avec des gens qu'il ne connaissait pas, ou peu.

Cette nuit risquait d'être longue. Il se torturait tellement l'esprit que son corps ne parvenait pas à trouver le sommeil. Comment dormir paisiblement dans une telle situation ? Il ne savait pas.

Il repoussa la couverture et se leva en soupirant. Il jeta un œil par la fenêtre de sa chambre, ne désirant qu'une chose : voir, sentir ou entendre la voix d'une personne qu'il aimait. Et il vit quelque chose… mais pas une personne. C'était la pleine lune. La lumière de l'astre éclairait le ciel pendant cette nuit calme. Daniel aimait beaucoup ça. Il n'était pas le seul, il le savait. Toutes ces années où il était parti en vacances avec des membres de sa famille ou entre amis, il avait pour habitude de s'allonger dans l'herbe avec ses proches pour contempler la lune. Eux-mêmes étaient d'accord avec Daniel pour dire que c'était magnifique.

En regardant son téléphone, il vit qu'il était plus de deux heures. La meilleure chose à faire était de s'occuper pour passer le temps, ou il finirait par perdre patience. Il descendit dans la cuisine prendre un café bien chaud, mais surtout bien corsé. Il en prendrait peut-être même deux, voire trois. La nuit allait être longue ; il lui fallait de quoi tenir jusqu'au bout.

Il sourit en voyant la cafetière et la machine à expresso. Cela faisait très longtemps qu'il n'avait pas bu de vrai café. Il opta toutefois pour la cafetière, qu'il remplirait à ras-bord pour ne l'utiliser qu'une seule fois, sachant que la machine à expresso risquait de réveiller les autres.

Naturellement et comme à son habitude, il jeta un coup d'œil par l'une des fenêtres qui donnaient sur l'arrière de la maison, son café à la main. Rituellement, il se mit à faire les cent pas. Il était incapable de rester immobile longtemps.

À l'extérieur, le temps semblait se rafraîchir. Daniel le percevait ; il ne savait pas comment l'expliquer, mais il s'en doutait. Il se sentit mal à l'aise pendant une fraction de seconde, quelque chose semblait l'épier dehors. En ouvrant la fenêtre, il vit plusieurs formes étranges au sol. Il n'arrivait pas à identifier ce que ça pouvait être à cause de l'obscurité. Peut-être des bâtons. Ils avaient un point commun : l'une des extrémités était légèrement pointue, l'autre, triangulaire.

« Des flèches ? » songea-t-il.

Il secoua la tête, se rendit compte qu'il était fatigué et que seul le sommeil l'aiderait à recouvrer ses esprits. Les étranges formes paraissaient nombreuses, toutes soigneusement alignées les unes contre les autres. Cela ressemblait à une mise en scène. Cela commençait sérieusement à l'inquiéter.

Ce qu'il vit le stupéfia. Une de ses choses se mit à bouger, une deuxième, puis une troisième et toutes firent de même. Elles avancèrent encore un peu, suffisamment pour que Daniel pût enfin distinguer ce que c'était, comme si elles se dévoilaient volontairement pour transmettre un message.

« Oh ! non ! Pas encore ! »

Des serpents ; ils ne lâchèrent pas Daniel des yeux. Ce dernier aurait aimé savoir pourquoi tant de serpents se trouvaient à cet endroit précis, près de la maison de sa sœur.

Daniel ne bougeait pas, les reptiles non plus. Leurs langues fourchues lui donnèrent des frissons. Puis il remarqua une scène invraisemblable qui lui fit froid dans le dos : l'un d'eux dressa sa tête et déploya quelque chose – mais quoi ? Il pensa à des oreilles mais ça n'avait aucun sens de prêter des oreilles à un serpent. Ça ressemblait étrangement à… la coiffe d'un cobra.

« Impossible, il n'y a pas de cobra en Europe », se dit Daniel sans grande conviction, comme s'il cherchait à se rassurer.

Il ferma les yeux, inspira et expira le plus d'air qu'il put pendant de longues secondes avant de les rouvrir. Il fut soulagé. Ou presque. Tous s'étaient volatilisés… sauf un.

Le fameux cobra.

La végétation derrière le reptile remua. Daniel fit un bond en arrière en voyant deux mains saisir le serpent. Il sortit, fit quelques pas et devina une silhouette humaine.

Celle-ci caressait le reptile. Elle émit un chuintement pour l'apaiser et le rasséréner, tel un parent qui chanterait une chanson douce pour calmer les pleurs de son enfant. Puis, la tête de la silhouette se redressa, fixant Daniel. Elle se mit à rire et il prit la fuite en entendant ce son qui ne le rassurait pas du tout. Il aurait aimé que tout ceci ne fût qu'une hallucination, mais non, ce n'en était pas une. De plus, le cobra effrayait par son aspect mais aussi parce qu'il était venimeux. Au moment de fermer la fenêtre, il constata que le serpent et la silhouette avaient déjà disparu.

Daniel suait comme s'il avait couru un cent mètres mais doutait de la réalité de ce qu'il venait de vivre, autant que de la femme qu'il imaginait avoir vue dans la forêt. Voilà une péripétie de plus qui allait l'empêcher à coup sûr de trouver le sommeil. Il retourna dans sa chambre et ferma la porte. Son rythme cardiaque s'accélérait. Il remarqua au passage une affiche posée sur une table près de l'entrée :

Soirée dansante le samedi 15 juillet 2017

« Mon Dieu, s'il vous plait, faites qu'il n'y ait pas le moindre problème ce soir-là. »

Chapitre 6

Le centre-ville d'Ornans était animé par une population active et enthousiaste, animé par ses animaux, animé par ses activités diverses et par le bruit apaisant et agréable de la Loue. Steven, Maël, Léo et Lucie se trouvaient Place Courbet et marchaient en direction du terrain de foot, au nord de la ville.

Les retrouvailles entre cousins, débutées quelques heures plus tôt, éveillaient le bonheur de Léo, plus que celui de sa sœur. Elle avait décidé de les accompagner en ville, en attendant d'être rejointe par des amis et de mettre les voiles.

« Où comptes-tu aller ? » avait demandé Steven.

Léo lui avait conseillé d'éviter ce genre de question à cause du caractère bien trempé de Lucie, qui n'avait pas tardé à répliquer :

« Je te demande avec qui tu baises ? »

Steven avait reçu le message. Maël également, même s'il n'avait rien demandé.

— Attendez deux secondes ! dit Lucie.

— Ne vous en faites pas, elle va juste chercher des croissants, précisa Léo.

Les deux frères haussèrent les épaules. Il n'était pas loin de seize heures et la faim commençait à tirailler les adolescents en pleine croissance. La boulangerie était bondée ; les trois garçons patientèrent pendant de longues minutes en bavassant. La plupart des clients sortaient avec plusieurs sacs remplis de viennoiseries en tout genre. Des enfants allaient et venaient dans la rue en jetant un coup d'œil à travers la vitrine, pour voir s'il restait des bonbons. Maël se rappela qu'il avait été le même à dix ans : toujours à vérifier s'il restait des bonbons et toujours prêt à s'empiffrer de sucreries.

En sortant de la boulangerie avec deux sacs, Lucie en balança un à son frère qui le rattrapa de justesse. Elle ouvrit la marche, comme souvent lorsqu'elle accompagnait son frère et ses deux cousins. Elle avançait vite et les garçons durent accélérer la cadence pour la rattraper.

— Pour des gars, vous manquez d'endurance et d'efficacité, dit Lucie.

Son frère crut remarquer un manque d'assurance dans sa voix, mais il s'abstint de le lui dire.

D'ailleurs, le manque d'assurance n'était pas l'un de ses défauts, mais plutôt l'un de ses démons. Elle considérait ça comme l'une des pires faiblesses de l'être humain. Comme la plupart des gens d'aujourd'hui, elle se souciait de son apparence vestimentaire, mais c'était son autre démon à elle, qui pouvait l'obséder jour et nuit. Elle savait que, niveau physique, elle était « bien structurée », avec ce qu'il fallait, là où il fallait, bien comme il fallait. Elle pensait qu'une fois le diplôme nécessaire en poche, elle passerait un entretien d'embauche sans problème, en espérant que ce fût avec un homme ; avec une femme, elle perdrait vite confiance en elle. Peut-être parce que les femmes étaient plus matures et réfléchies que les hommes. Dans deux mois, elle allait rentrer à l'IFSI – Institut de Formation en Soins Infirmiers – de Besançon, à l'issue d'un concours passé sans trop de difficulté. Une de ses tantes, qui était infirmière, l'avait mise en garde contre ce qui l'attendait : des cours durs mais indispensables. Pour la taquiner, elle lui avait précisé qu'il y avait la soirée d'intégration à thème. Une nouvelle qui avait fait jubiler Lucie.

— C'est quoi, ça ?

Maël avait posé cette question en pointant du doigt une petite sculpture ancrée dans un mur.

— C'est une Vouivre, répondit Léo.

— Ça me rappelle vaguement quelque chose.

Steven donna une tape sur l'épaule de son frère et lui lança :

— Tu ne te rappelles pas ? C'est la légende d'Ornans. Et comme toute croyance de paysans, elle peut varier d'un patelin à l'autre.

Lucie soupira comme si elle était exaspérée.

— Quel blaireau, ton frangin ! La Vouivre est l'une des légendes les plus populaires de Franche-Comté. Pour certains, il s'agit d'un dragon qui serait apparu au moyen-âge. Pour d'autres, une femme immortelle qui aurait la faculté de parler aux serpents.

— Et elle possèderait une sorte de diamant sur le front, l'Escarboucle, le genre inestimable.

Un coup de klaxon retentit et une voiture aux vitres teintées s'arrêta au niveau de groupe.

— C'est pour moi, lança Lucie, qui s'engouffra en un éclair dans le véhicule. Hé, les cousins, vous qui aimez les histoires pour poules mouillées qu'on raconte au coin d'un feu de cheminée, vous devriez lire les histoires de la Vouivre. En plus de ça, avec tous les morts liés à cette légende dans le canton, peut-être que cette saloperie de femme ou de dragon existe.

Les garçons n'eurent rien le temps de répondre que la voiture avait déjà redémarré. Léo ne vit pas avec qui sa sœur était partie. Il pensait à cet homme plus âgé que Lucie et dont il oubliait toujours le prénom, mais se demandait si la voiture appartenait à ce type. Il ne se souvenait pas de l'avoir déjà vue quelque part.

— Tous les morts sont liés à cette légende ? Intéressant !

Cette réflexion, que Steven venait de se faire à lui-même, semblait revêtir une importance capitale.

— À quoi tu penses ? l'interpella son frère.

— À rien.

— Mytho, dit Léo. Je suis sûr que cette histoire t'intrigue. Tu veux savoir ce qui se dit sur les gens morts ?

— Comme si tu me laissais le choix.

— Chaque année, de nombreuses personnes meurent à Ornans, dans les villes voisines, mais également dans les bois et plus particulièrement en été. Pour deux bonnes raisons : la première, c'est qu'il y a toujours plus de touristes, évidemment. La deuxième, c'est qu'avec la reproduction des serpents, la population de ces saletés de reptiles augmente considérablement. Et je tiens à dire que ce sont surtout les voyageurs les plus touchés, pas les habitants du coin. Je n'aime pas du tout ces saloperies sans patte… comme beaucoup de personnes.

— Mais ce n'est pas au printemps, la saison des amours ?

— Si, andouille ! Mais le temps de copuler, de pondre et que les petits naissent, je présume que ça suffit. Bon, j'avoue que j'y connais que dalle en matière de reproduction avec ces bestioles, donc peut-être que je me trompe sur certains points. Et à ma connaissance, parmi ceux qui peuplent la région, il y a la vipère aspic, qui est venimeuse. Il y en avait aussi un autre je crois, qui était dangereux, mais son nom m'a échappé.

— Et ils sont en manque d'antidote dans les services médicaux ? Excuse-moi mais c'est la seule raison pour qu'il y ait autant de mort, fit remarquer Maël.

— L'un des derniers articles de presse, car oui je lis le journal, parlait du fait que malgré l'administration de l'anti-venin, les gens mourraient. Voilà pourquoi on raconte que c'est la Vouivre qui tue ces gens. Mais bon, c'est juste des ragots qui ressortent quand les scientifiques ne trouvent pas d'explication.

— Les mecs qui se croient dans Harry Potter, rétorqua Steven.

— C'est clair ! Le plus troublant, c'est que personne ne connait les origines de cette légende.

— Comme toutes les légendes en général, ajouta Maël. Perso, j'aurais aimé savoir comment est née celle de *Bloody Mary*.

Steven se mit à rire et Léo comprit pourquoi. Maël avait toujours été un grand fan des histoires d'horreur et d'épouvante. Celle qu'il venait de citer était de loin sa préférée.

Jusqu'à ce qu'ils arrivassent au stade, les trois garçons n'avaient plus dit un mot, se contentant juste d'écouter de la musique *via* le téléphone de Léo, connecté à une petite enceinte Bluetooth. À l'arrivée, ils furent accueillis par une dizaine de personnes, âgés d'une quinzaine d'années.

— Je sens qu'on va s'amuser, dit Maël en esquissant un sourire.

— Ça, c'est un bon bail, mon frère.

— Vous verrez, ils sont tous cools.

Chapitre 7

Un vent frais, un paysage bucolique agréable et relaxant pour les yeux, une eau douce en apparence mais qui avait du caractère. Daniel savait que la Loue, et plus particulièrement la Source du Lison, projetait cette eau puissante des entrailles de la terre. Les nombreux randonneurs – touristes ou habitants du canton – prenaient un grand plaisir à venir dans ce lieu fascinant. Sa rumeur s'était frayé un chemin jusqu'en Asie et attirait les curieux d'un caractère *inhabituel*. La majorité des gens aurait dit que cette partie de la région franc-comtoise n'avait aucune importance, que c'était du temps perdu. Ceux qui avaient déjà visité Ornans et ses alentours affirmaient que les lieux cachaient des merveilles à explorer et recommandaient avec insistance d'y aller au moins une fois dans sa vie.

Ornans abritait une légende : le mythe de la Vouivre. En réalité, tous les habitants de la ville la connaissaient. Un livre d'or, consacré à cette légende envoûtante, se trouvait à la mairie. Dans les souvenirs de Daniel, la couverture du livre s'intitulait :

Livre d'Or de la Vouivre
Laissez-nous vos impressions
Si vous pensez qu'elle vous a observé

« Je devrais songer à retourner voir ce livre pour consulter les impressions bizarres que les gens ont écrites. »

Il n'y croyait pas, mais avec la mort récente du vieil homme, une telle absurdité effleura son esprit. Comme dans son adolescence, où il se remémorait cette légende chaque fois que les journaux parlaient de morts par empoisonnement. Quand il n'était pas encore majeur, le nombre de morts avoisinait les cinquante par an. À l'heure actuelle, ce nombre avait triplé. Cela faisait froid dans le dos. Il fallait dire que le coin était idéal pour les amoureux des serpents. Mais pas pour Daniel. Il en avait des appréhensions, mais pas au point d'être phobique : la nuit dernière l'avait prouvé. Il disait toujours qu'il fallait avoir du courage pour posséder un reptile chez soi, et les serpents étaient les plus terrifiants d'entre eux, à cause de leurs corps immobiles et leurs regards froids qui observaient tout ce qui se trouvait à proximité. C'était comme s'ils disaient « *Approche-toi, mon petit, nous n'allons pas te faire de mal. Nous allons juste t'empoisonner et te bouffer.* »

Quand Daniel arriva près de la Source du Lison, il fut étonné d'avoir marché aussi vite malgré la fatigue. La nuit avait été longue, très longue, même. C'était la raison pour laquelle il était venu ici, avec pour seule musique les bruits de la nature. Mais quelque chose n'allait pas. Dans son esprit, il ne pouvait s'empêcher de visualiser un cobra s'approchant de lui à petite vitesse, le fixant continuellement.

Il avait suffisamment vu des serpents à la télé pour en reconnaître un. Pourtant, cette espèce ne pouvait se trouver en Franche-Comté, ni même en France. D'après le peu de connaissances qu'il avait, Daniel était persuadé que ce reptile venait d'Asie. Il ne savait pas si la loi autorisait la possession d'un tel animal, mais si c'était permis, il fallait être suicidaire. La situation la plus probable était qu'une personne l'avait importé d'Asie.

Daniel s'assit par terre, dos contre un rocher, proche de la cascade du Lison. Il ferma les yeux, tentant de penser à autre chose : un oiseau qui chantait, le ronronnement d'un chat, la main d'une femme qui caressait son visage. Du moment que ça le faisait penser à quelque chose d'agréable. Peu importait.

Cette dernière pensée le fit sourire. Une femme, une vraie, il aimerait en retrouver une qui ne le blesserait pas comme son ex l'avait fait.

— Bonjour ! Tout va bien ?

Daniel tressauta, regardant autour de lui pour voir d'où provenait cette voix. Une femme se tenait sur sa droite, près du chemin qui menait en haut de la cascade. Il haussa les sourcils et la dévisagea : une belle blonde aux yeux bruns et jambes fines ; elle était vêtue d'un jogging et d'un débardeur gris. À son cou était accrochée une pierre rouge qui scintillait comme un rubis. Il la trouvait à son goût.

— Très bien ! Je me relaxais.

— Je me disais aussi ! C'est pas tous les jours qu'on croise quelqu'un seul par ici… à cause des serpents. Veuillez excuser mon impolitesse, mon nom est Anna, dit-elle en tendant la main.

— Daniel ! répondit-il, en lui rendant la pareille.

Il avait répondu purement par politesse. Au fond de lui, il trouvait cette femme louche. Après tout, il ne la connaissait pas, il ne pouvait ni la juger ni la critiquer. Il se contenta de lui sourire.

— J'aurais pu venir à votre rencontre, hier, mais avec ce qui s'est passé, j'ai préféré partir, dit Anna.

— Hier ?

— Oui, vous étiez avec vos deux fils. Je le sais car j'ai l'oreille sensible. Et vous m'avez fixée longuement.

« C'est donc elle, la femme que j'ai vue hier. »

— Et vous m'avez fixé de même. Et après, vous avez disparu.

— Mes amis et moi sommes partis rapidement… Petit souci personnel.

Anna avait l'air d'hésiter dans ses paroles, comme si elle cherchait à se justifier. Elle lui souriait mais quelque chose clochait. Elle se retourna et regarda en haut d'un arbre, près du pont. Elle siffla.

— Ce n'est pas mon chien, dit-elle à Daniel comme si elle avait lu dans ses pensées.

Son regard se posa de nouveau sur lui, toujours le sourire aux lèvres. Ce sourire était sincère, ou représentait-il un mauvais présage ? Elle s'accroupit et tendit les mains, les paumes tournées vers le ciel. Les secondes passèrent lentement. Pas moins de dix serpents se faufilaient sur le corps d'Anna, dont un sur chaque main et un sur chaque avant-bras. Les six derniers s'accrochaient sur le haut de son corps. Daniel se leva, recula et trébucha. L'effroi le gagnait. Voir autant de serpents en si peu de temps le perturbait, mais il tentait tant bien que mal de garder le contrôle de lui-même.

— N'aie pas peur ! Si tu respectes la nature, la nature te respectera !

Il n'en croyait pas ses oreilles. Il avait l'impression d'entendre des mots que seuls ses parents auraient pu dire. Combien de fois avait-il entendu ce genre de phrase ? Des millions de fois, très certainement.

Anna partit dans un rire malsain et fixa Daniel tout en manipulant les reptiles avec agilité et précision.

Daniel les observa et distingua trois espèces. Celles qui s'enroulaient autour des mains d'Anna avaient le corps noir, imprimé de bandes jaunes qui s'élargissaient sur la nuque. Sur les avant-bras, les serpents étaient de couleur olive, avec des marques sombres sur les flancs et une jaune, qui faisait le tour de la nuque. Les serpents qui flânaient sur le buste d'Anna avaient un corps grêle, avec des écailles lisses et luisantes.

— Je suis prête à parier que tu es ophiophobe.

Daniel ne souriait pas, ne bougeait pas, ne réfléchissait pas. Il n'arrivait même pas à penser correctement. Les créatures en face de lui embrouillaient son cerveau. Parvenant à se ressaisir, il se demanda ce qui était le plus désagréable : les reptiles ou la mystérieuse femme avec ses airs de charmeuse de serpents ? Tout compte fait, les serpents étaient vraiment à craindre. Il suffisait de voir leurs yeux aux airs malsains et leur corps dénué de membres. Et cette façon… cette façon qu'ils avaient de se déplacer vers leurs proies inspirait la peur.

— Ophiophobe, c'est quoi ? La phobie des serpents… c'est ça ?

Anna hocha la tête.

— Non, j'ai juste des appréhensions. Autrement, j'aurais pris mes jambes à mon cou et je serais parti en trombe.

Anna vint se mettre à genoux près de lui. Elle portait toujours les serpents sur elle, mais cela ne l'empêcha pas de tendre sa main pour lui caresser la joue. Cependant, Daniel était paralysé.

— Aie confiance en moi, Daniel !

Puis elle leur donna l'ordre d'aller sur Daniel. Il fut sur le point de se lever mais Anna lui fit non d'un signe de tête. Il était en sueur. Anna sembla se délecter de la scène. Un des serpents se faufila sur le bras gauche de Daniel, passa sous son t-shirt avant de se glisser sur son cou. Anna sourit, une fois encore, puis enleva le serpent avant d'émettre un sifflement qui fit partir tous les reptiles.

— Tu t'es plutôt bien débrouillé, lui dit-elle en lui tendant une main.

Daniel se tut et saisit la main tendue. Quand il fut debout, il s'ébroua, se secoua. Il se rendit compte que les serpents étaient déjà hors de vue.

— Je ne sais pas quelle est la bonne question : qui es-tu, ou qu'est-ce que tu es ?

— Une femme qui a appris à mieux connaître la nature et ses habitants, et qui a craqué pour ces magnifiques bêtes que tu viens de croiser. Qu'as-tu pensé de cette expérience ?

— Que c'était une expérience de vie ou de mort, si on peut dire ainsi.

— Avec le temps, tu apprendras à les connaître.

Daniel se disait qu'il était en état de choc pour imaginer que cette Anna fût une sorte de Vouivre. Son charme et son corps radieux ne voulaient pas dire pour autant qu'elle était une créature légendaire qui hantait la région depuis des décennies. La Vouivre était une légende comme une autre. Et pour certains hommes, elle représentait un fantasme qu'eux seuls pouvaient apprécier. Car, oui, un autre détail qui caractérisait la Vouivre était sa beauté, mais peu y faisaient allusion.

Il venait à peine d'arriver dans la région que des événements étranges liés aux serpents gâchaient tout. Et comme si cela ne suffisait pas, il fallait qu'une femme magnifique lui parle de son amour presque glauque pour les serpents. C'était largement suffisant pour le mettre dans tous ses états.

Anna avait remarqué comment il la contemplait.

— Sois franc et honnête avec moi. Tu penses que je suis qui ? Ou plutôt, que je suis quoi ?

Cinq secondes… puis dix, avant de lui répondre :

— Tu es la Vouivre !

Et pendant ces dix secondes d'hésitation, Daniel avait réfléchi à la façon dont allait réagir Anna, car, depuis son enfance, la première chose à laquelle il pensait en imaginant une femme avec des serpents et un collier autour du cou, c'était la Vouivre.

— Cela m'étonne grandement. Seuls les gamins croient à ce genre d'histoires.

Anna se tut un long moment en fronçant des sourcils et regarda sur sa droite, en direction du parking.

— Je dois partir ! J'ai été ravie de faire ta connaissance. Je suis sûre que l'on se reverra.

Elle courut en traversant le pont jusqu'à disparaître du champ de vision de Daniel. Des voix commençaient à se rapprocher ; un groupe de randonneurs arrivait, à l'endroit exact où Anna avait jeté un coup d'œil avant de partir.

« Il y a quelque chose qui cloche chez cette femme, pensa Daniel. Je dois rester prudent et me ressaisir. Je ne dois pas paniquer. Tente d'être lucide et fais attention où tu mets les pieds. »

Chapitre 8

Daniel Stermann et Léon Mortreux allaient finir la journée ensemble, entre hommes, à acheter du matériel de pêche. Ils avaient longuement échangé sur leurs passions ; Léon avait ouvert les hostilités. Il comptait la pêche parmi ses hobbies, mais ce n'était pas une passion qui le dévorait autant que ses deux amours favoris : le catch et le poker. Daniel avait souri ; il avait beau apprécier le poker, le manque de motivation – son petit point faible – l'empêchait d'y jouer autant qu'il aurait aimé. Pour se lancer dans un quelconque projet ou une activité, on devait le forcer, le pousser à y aller, et ensuite ça coulait de source. Toutefois, quand il s'agissait de moto ou de quad, il pouvait se réveiller au lever du jour, boire un café dare-dare, enfiler un casque et enfourcher un de ces engins pour une virée à durée indéterminée. Il se souvenait que son plus long record d'absence était de dix heures, quarante-trois minutes et dix-huit secondes. Le fait qu'il eût pensé à chronométrer le temps passé au guidon avait beaucoup énervé son ex-femme.

Lorsqu'ils furent bientôt arrivés, Daniel demanda :

— Et quelles sont tes plus grandes peurs ?

— L'échec, mon ami, l'échec, répondit Léon d'une voix monocorde.

Expliquant qu'il aimait par-dessus tout son travail mais que, s'il loupait une occasion de vendre un bien immobilier magnifique, il s'en mordait les doigts pendant des jours. Cela pouvait même aller jusqu'à provoquer des disputes avec Gaëlle et ses deux enfants.

— Nous y sommes ! déclara Léon.

— Pittoresque.

Daniel lut l'inscription sur la façade du magasin.

Pêche chez Perot
Les saveurs et les gourmandises d'Ornans à la portée d'une canne

— Il est sympa, ton vendeur de cannes ?

— Ouais, mais tout dépend des moments. Il est normal, mais quand il s'agit de parler de sa femme, il est spécial, vraiment spécial. Parce qu'il vaut mieux que tu le saches, elle est portée disparue.

En voyant le regard interrogateur de Daniel, il ajouta :

— Depuis trois semaines environ. Autant te prévenir, ne parle jamais d'elle en sa présence, parce qu'il est très imprévisible quand il s'énerve.

Daniel répondit par le silence. En entrant dans le magasin, une cloche retentit. Un homme chauve et costaud se présenta au comptoir et serra la main de Léon.

— Comment vas-tu, Gilles ?

— Fatigué mais ça va.

Léon fit signe à Daniel, qui s'était éloigné pour regarder les articles.

— Je te présente Daniel, le frère de Gaëlle.

— Enchanté ! Je m'appelle Gilles. Et autant que tu le saches, mon gars, on se tutoie. Ainsi, on pourra s'entendre de suite. Ça te va ?

Gilles lui tendit la main, que Daniel serra avec un sourire gêné.

— Ça me va très bien ! confirma-t-il.

— Nickel ! Je suis toujours comme ça avec tout le monde. Ça permet de partir du bon pied.

Léon rigolait devant l'attitude de son beau-frère ; il se délectait de la scène. Daniel ne savait plus quoi dire depuis qu'il l'avait averti que la femme de Gilles avait disparu.

— Je viens pour le matériel que j'avais commandé.

— Je vais te chercher ça dans la réserve. Je reviens.

Quand Gilles disparut de leur champ de vision, Daniel regarda Léon d'un air curieux.

— Il a la pêche, dis donc !

— C'est le cas de le dire, rit Léon.

Ce ne fut qu'après que Daniel comprit.

— Te fous pas de moi, ce jeu de mots sur la pêche n'était pas volontaire, se défendit-il, en faisant les cent pas dans la boutique.

Il ne connaissait certes rien à la pêche, mais l'occasion se présentait à lui de découvrir, peut-être, un nouveau hobby, et il allait s'en saisir sans *a priori*. Il était simplement pressé de faire un tour de quad et de moto. Mais il savait bien qu'il ne pourrait faire ni de la moto ni du quad dans la même journée.

En revenant au comptoir, il aperçut une photo de Gilles avec une femme. En la regardant de plus près, il eut une impression de déjà-vu. Il venait à peine de revenir dans ses terres natales et en plus de cela, il n'avait pas la mémoire des visages, ni des noms.

— Tu connais cette femme sur la photo ? demanda-t-il en chuchotant.

Léon n'avait pas entendu, Daniel reposa sa question. Quand il vit de quelle photo il parlait, Léon lui répondit silencieusement :

— C'est Ariane, sa femme.

— Pour que tu parles aussi bas même quand il n'est pas là, le boss, c'est vraiment qu'il faut faire gaffe.

— Je n'ai jamais eu de problème avec lui et je ne prendrai aucun risque. Il a fait de la prison pour violences et menaces de mort. Et je ne pense pas avoir besoin de préciser que l'alcool peut le rendre pire.

Léon avait continué de parler à voix basse.

Daniel se mit à réfléchir et à faire le point sur la situation.

« Une mauvaise nuit, des maudits serpents, un enfant traumatisé, un homme mort, une femme volatilisée je ne sais où et maintenant la rencontre d'un mec sympa mais complétement imprévisible. Et la prochaine étape, ça sera quoi ? Me faire accuser d'une chose dont je ne serais pas le coupable ? »

Il cogita tellement qu'il commençait à dramatiser. De quoi se ferait-il accuser ? D'avoir tué un vieil homme devant un petit garçon ? Non, impossible. Le commandant de la gendarmerie l'avait mis en garde contre la présence de serpents, qui persistait depuis des années dans la région et avait entraîné de nombreuses morts.

Il se ressaisit et se dit que là, maintenant, il avait besoin de dormir un peu… et de penser à autre chose.

— Et voilà ! Je te prie de m'excuser, j'étais au téléphone, dit Gilles, mal à l'aise.

Daniel sursauta mais Gilles et Léon ne le remarquèrent pas.

— Que se passe-t-il ?

— Ma femme ! Toujours rien.

Gilles se frotta les yeux du revers de la main pour cacher des larmes de tristesse. Léon lui mit une tape amicale sur l'épaule en signe de soutien.

En sortant de la boutique, Daniel fit un bref au revoir d'un hochement de tête et Léon, comme à son habitude, lui répondit d'un signe et lui jeta un regard de compassion.

Dans la voiture, les deux hommes installèrent sans grande difficulté les trois cannes à pêche que Léon avait commandées. Il avait vendu ses anciennes cannes pour en acheter de nouvelles. Même s'il était le seul à pêcher dans sa famille, il aimait avoir des cannes de rechanges.

Sur le chemin du retour, Daniel n'était pas du tout serein. On le voyait à son visage et au fait qu'il ne tenait pas en place, même assis. Il était dépassé par les évènements. Et Léon l'avait bien remarqué.

— Qu'est-ce qui te tracasse autant ? demanda ce dernier.

— Ça se voit tant que ça que je ne suis pas bien ?

— Oh oui ! Allez, dis-moi tout.

— Pour être franc, il se passe des choses bizarres.

Léon était gêné par la remarque que venait de faire Daniel, tout simplement parce que c'était vrai. Il se passait effectivement des choses bizarres. Léon n'était pas parvenu à lui répondre comme il aurait voulu le faire, ne fût-ce que pour le rassurer. Il le regardait à la va-vite, préférant reporter son attention sur la route. Combien de fois le manque de concentration avait-il failli lui causer un accident ? Il n'aurait su dire précisément, mais plusieurs, il en était sûr.

— Trois semaines, tu m'as dit, pour la femme de Gilles ?

— Ariane ? Oui, à peu près.

« Ariane ? C'est donc ça, son *nom*. »

Daniel réfléchissait. Encore et toujours, jusqu'à se rappeler où il avait vu la femme de Gilles. Mais contrairement à ce qu'il avait pensé au magasin de pêche, cela ne remontait pas à quelques années lorsqu'il était venu avec ses fils. Non, loin de là.

— Est-ce que Ariane a une sœur jumelle ?

— Non, répondit Léon, surpris.

Daniel se souvenait d'où il avait vu cette femme : c'était il y avait moins de vingt-quatre heures, à Nans-Sous-Saint-Anne, près de la Source du Lison.

La femme de Gilles s'appelait Ariane.

Mais quand elle était venue à sa rencontre, elle s'était présentée sous le nom d'Anna.

Chapitre 9

La Vouivre et ses mystères

Pas plus tard qu'hier soir, trois individus, une femme et deux hommes, ont été retrouvés sans vie par des touristes étrangers qui se promenaient à la découverte de la région franc-comtoise. Ils seraient morts par empoisonnement d'après une source judiciaire. Une autopsie sera effectuée prochainement par précaution. Après la découverte d'un homme décédé il y a deux jours, la population commence à s'inquiéter de la surpopulation de serpents. D'après les experts, seules les vipères aspics et les vipères péliades seraient venimeuses dans la région.

La gendarmerie, ainsi que les professionnels de santé, recommandent la plus grande vigilance aux personnes susceptibles de se rendre en forêt, et de ne pas y aller seul par sécurité. Rappelons aussi que cette période de l'année est la plus mortelle. L'année dernière, plus de cent-cinquante personnes ont trouvé la mort, et ce chiffre pourrait être en hausse cette année. D'autre part, Ornans et les villes limitrophes sont connues et réputées pour leur légende : la Vouivre.

D'après d'anciennes croyances, la Vouivre serait une créature mi-femme mi-serpent ; pour d'autres, elle serait une femme immortelle capable de parler aux serpents. Pour une minorité de gens, elle serait un dragon sans pattes ou un serpent ailé portant un bijou rare sur le front, que l'on appelle l'Escarboucle. Évidemment, et heureusement, c'est une histoire que l'on raconte aux enfants le soir d'Halloween.

Toutefois, la Vouivre a toujours fasciné hommes, femmes et enfants. Les enfants la voyaient comme une créature capable de faire des miracles, s'ils avaient un comportement exemplaire. Pour les femmes, elle était la *plus radieuse des créatures. Son corps et son Escarboucle ont toujours obsédé les hommes.*

Des experts du paranormal et du surnaturel venus du monde entier se sont déjà rendus sur place par le passé, à la recherche de réponses concernant cette légende dont on ignore les origines. À ce jour, personne n'a élucidé le mystère de la Vouivre. Une chose est sûre : cette légende n'a pas fini de faire parler d'elle.

C.L

En voyant les initiales, Daniel comprit qu'il venait de lire l'article de la journaliste rencontrée à la Source du Lison. Il ne se souvenait pas que cette légende était une exclusivité d'Halloween ; il lui semblait qu'on l'accordait à la saison pour lui donner plus de saveur. Une histoire qui mélangeait suspense, aventure et même amour. Une histoire que l'on modifiait en fonction de la saison. Ce qui le faisait le plus rire, c'était que la Vouivre pouvait faire des miracles. Dans aucune version de cette légende, il n'avait entendu parler de miracles. Jamais.

Il sut alors que cette Caroline était toujours vivante. Peut-être parce qu'elle avait su éviter la route des reptiles, ou parce qu'elle avait tout simplement eu de la chance.

« Encore une journée qui commence à merveille », pensait-il.

Il était à peine huit heure quinze, et il déjeunait seul. Sa sœur et Léon étaient déjà au travail, et lui qui n'était pas du tout matinal pouvait profiter du silence, car les jeunes dormaient encore. Quand quelque chose le perturbait à un haut niveau, ça pouvait l'obnubiler. C'était dans sa nature.

Lui qui espérait obtenir des jours de repos loin de son ancienne vie, cela commençait très mal. L'article de presse lui faisait penser à Anna… ou plutôt Ariane. L'épouse de Gilles déclarée officiellement disparue depuis trois semaines. Cette femme qui avait, *a priori*, une affinité réciproque envers les serpents.

Daniel souriait nerveusement en pensant qu'il avait le chic pour rencontrer des femmes dont les fréquentations lui hérissaient le poil. Sa curiosité allait le pousser à retourner voir Ariane. Son instinct lui disait de se méfier d'elle. Peut-être le devait-il. Il décida d'aller lui parler sur-le-champ et de lui demander des explications, car la logique lui disait qu'elle n'était pas étrangère à tout ce qu'il se passait. Mais il espérait se tromper, avoir croisé une femme qui aimait juste les serpents. Ni plus ni moins.

Autre chose lui venait à l'esprit : si c'était elle, l'assassin, que lui arriverait-il ?

Il allait avoir besoin de beaucoup de chance et de courage parce qu'il savait que le danger rôdait. Surtout que les serpents ne lui laisseraient aucune chance s'il venait à tenter quoi que ce fût.

Sans plus attendre, il se leva, enfila sa veste et se dirigea là où il pensait trouver Ariane avec certitude : à la Source du Lison.

Chapitre 10

Irène Martin venait tout juste d'arriver à Ornans, par covoiturage. On l'avait arrêtée sur une route départementale, près de Grenoble, et retiré le permis de conduire sous l'emprise de la drogue et de l'alcool il y avait quatre ans de cela. Avec son récent divorce, son état ne risquait pas de s'améliorer. De plus, ses achats compulsifs la mettaient régulièrement dans le rouge ; il s'agissait principalement de vêtements, d'alcool… et de drogues.

Quand elle fut déposée près de l'hôtel dans lequel elle avait réservé pour trois nuits, elle se faufila en hâte à l'accueil.

— J'ai une réservation au nom de Martin, dit-elle au réceptionniste.

Celui-ci lui donna la clé après qu'elle eut réglé la note. Pour le moment, elle ne savait pas si elle allait rester plus longtemps. Elle avait une idée en tête mais, fidèle à ses mauvaises habitudes, elle n'allait en parler à personne. Pour l'instant.

Elle n'avait pas encore vidé la moitié de la bouteille qu'elle pensait qu'il serait temps d'arrêter de boire. Sa dépendance à l'alcool faisait de sa vie un enfer. Elle voulait boire, encore. Prendre la moindre décision dans la vie de tous les jours relevait du parcours du combattant dans un tel état.

« Allez… je finis la bouteille… et après je me calmerai jusqu'à ce soir. »

Sa chambre se situait au premier étage, ce dont son manque de sportivité se félicita. Son corps bouffi se montra reconnaissant du peu de marches à gravir pour atteindre le pallier.

En fouillant sa valise, Irène sortit un verre en plastique et une bouteille de jus d'orange, qu'elle dilua dans un peu d'alcool. Elle but le mélange d'une traite, se dirigea vers la salle de bains, puis posa son verre d'un geste lent près du lavabo et fixa le miroir. Ce qu'elle y vit ne l'étonna pas : une femme rougeaude, avec des yeux injectés de sang. Elle sentit son haleine qui empestait l'alcool flottant dans l'air. Son corps commençait à vaciller. Elle sortit de la pièce et but deux rasades d'alcool supplémentaires.

Elle ouvrit la fenêtre de sa chambre avant de s'allonger à même le sol, une bouteille à la main. Elle n'arrivait plus à penser normalement. L'air qui s'introduisit dans la pièce caressait son corps chaud. Elle éprouva une sensation de bien-être.

Des craquements se firent entendre à l'extérieur. Elle se leva péniblement et faillit perdre l'équilibre. L'accumulation d'alcool commençait à faire effet.

Elle fut surprise du spectacle qui se déroulait dehors, juste sous son nez, et pensa halluciner à cause de l'alcool. Ses réserves étaient à sec. Elle n'avait pas eu le temps de se réapprovisionner. Elle s'était levée tard et avait absolument dû prendre son covoiturage. Dorénavant, elle croisait les doigts pour trouver un fournisseur dans la ville. Le manque prolongé de drogue la rendait violente et dangereuse ; elle se souvenait d'à quel point ses fils en avaient bavé par sa faute. Consciente qu'avec ses problèmes d'addictions, elle ne conservait que peu de chance d'obtenir ce qu'elle voulait :

reconquérir le cœur de ses deux fils. Elle était loin de parvenir à cet objectif, surtout si sa première pensée était de partir à la recherche d'un dealer.

Dehors, le spectacle ne s'arrêtait pas. Les acteurs n'étaient autres qu'une bande de serpents qui semblaient finement l'observer. Ces créatures, qui pouvaient rester inertes pendant un temps interminable, avaient la bougeotte et faisaient des allers-retours continuellement. Chose étonnante.

Irène balança une bouteille, avant de regretter son geste aussitôt. Elle espérait toutefois faire mal à au moins une de ces bestioles répugnantes. Et les sales bêtes partirent lentement, comme pour la narguer. Elle eut de nouveau envie de s'enfiler un verre.

« Mais quelle conne ! Pourvu que la bouteille ne soit pas brisée », pensa-t-elle.

Elle inspira et expira une bonne bouffée d'air et sortit. Au rez-de-chaussée, elle tenta tant bien que mal de ne pas tituber pour ne pas attirer les regards. Elle avança doucement, en restant le long du mur, prête à s'y appuyer si elle venait à perdre l'équilibre. Le réceptionniste la dévisagea. Inquiet, il vint à sa rencontre.

— Tout va bien, Madame ?

— Oui, très bien ! Je suis très fatiguée.

— Vous voulez un coup de main ?

— Non, ça ira, je vous remercie.

— Vous êtes sûre ?

— Oui, putain ! Je suis bourrée, je suis fatiguée et j'ai pas envie qu'on me fasse chier avec des questions à la con.

Irène continua sa route dans le hall d'accueil sans prêter plus d'attention à son interlocuteur, abasourdi par sa violente réaction. Elle s'en fichait : tout ce qu'elle voulait, c'était récupérer sa bouteille. Derrière l'hôtel, elle se lança à sa recherche mais ne savait plus exactement où elle l'avait jetée. Elle fouilla partout, même dans la végétation. Elle se rapprochait de plus en plus de la forêt.

Un nouveau craquement retentit. Irène prit ses jambes à son cou, craignant le retour des serpents.

« Ces bêtes sont-elles capables de tendre une embuscade ? »

Son soulagement fut grand lorsqu'elle vit quelqu'un – une femme – s'avancer dans sa direction.

— Bonjour ! C'est à vous ?

La personne en face d'Irène lui tendait une bouteille. La même que celle qu'elle avait jeté un instant plut tôt.

— Oui, répondit-elle en la saisissant.

Irène but une gorgée sans remercier la personne au look intriguant qui lui avait rendu son bien. Un jogging, un sweat à capuche et des baskets. Se pouvait-il que…

— Tu vends de la drogue ? De la coke de préférence.

— Oui ! Je ne sais pas comment tu as deviné, mais bien joué. Et j'ai de la coke. Il t'en faut beaucoup ?

Irène opina du chef et continua de boire au goulot.

— De quoi tenir trois jours, peut-être plus. Mais je ne peux pas payer, je n'ai presque plus de fric.

— Tu pourras payer ta dette plus tard.

— Vraiment ? Comment ?

La dealeuse s'approcha d'Irène et lui passa un bras autour des épaules.

— Écoute ! des amis et moi organisons une petite fête dans une cabane pas loin d'ici, ce soir. On va se shooter à l'alcool… et à la coke. Quand on sera là-bas, je t'expliquerai comment payer ton dû. Qu'en dis-tu ?

Au point où elle en était, elle se disait que ça ne pouvait que lui faire du bien.

— Très bien, j'te suis ! Au fait, je m'appelle Irène.

— Enchantée, moi c'est Anna.

Chapitre 11

Daniel était furieux. Irène l'avait informé qu'elle partirait de Grenoble et le rejoindrait en fin de journée, ou peut-être le lendemain. Elle n'était pas sûre. En fait, Irène n'était jamais sûre de rien et ne savait pas ce qu'elle voulait. Peu importait de quoi il s'agissait, de la gravité des choses et de la tournure qu'elles pouvaient prendre. Daniel croyait dur comme fer qu'elle était mentalement instable, tout autant qu'une mauvaise épouse et qu'une mauvaise mère.

Il était en route pour parler avec celle qui prétendait s'appeler Anna, et se montrait impatient de découvrir ce qu'elle cachait. La question qui le hantait le plus était de savoir pourquoi elle tuait tous ces gens. Il restait persuadé que c'était elle, la meurtrière.

À son arrivée, Daniel ne put que constater avec une pointe de déception qu'il était seul. Le site du Lison s'avérait totalement désert. Pas d'Anna à l'horizon.

Il soupira, balaya les alentours du regard, à la recherche d'une silhouette camouflée. Il prit place sur un rocher, comme la dernière fois. Le calme qui régnait dans les lieux lui procurait des sensations à la fois rassurantes et étranges.

En sortant son téléphone, une idée lui vint. Son père répétait souvent dans sa jeunesse que le meilleur moyen d'affronter ses peurs, c'était de se renseigner sur elles. Se documenter sur les serpents de la région lui permettrait de connaître ceux auxquels il avait dû faire face.

Il captait mal le réseau et était agacé par la lenteur que mettaient les pages Internet pour se charger. À force de patience, il en trouva une qui indiquait les noms des serpents de la région, ainsi que des photos de bonne qualité sur lesquelles il reconnut les trois reptiles d'Anna. Il n'y avait aucune description, mais il chercherait des informations plus précises en rentrant.

« Nous y voilà ! Couleuvre verte-et-jaune, couleuvre à collier... et... couleuvre d'esculape. »

— Bonjour, Daniel !

Il faillit chuter du rocher en entendant la voix d'Anna.

— Que se passe-t-il ? Un problème ?

La réponse de Daniel ? Un regard mêlé de colère, de rage et d'une envie folle de hurler. Mais il ne fit rien. Il se contenta de soupirer et de répondre calmement.

— Pour commencer, pourquoi ne m'avez-vous pas dit votre vrai nom, Ariane ?

Ariane ne fixait plus la rivière douce et fraîche devant elle, mais Daniel, en lui souriant.

— Oups ! Je ne pensais pas que tu découvrirais la vérité aussi vite, répondit-elle en caressant le serpent autour de son cou.

En le voyant, Daniel se leva et serra les poings en mettant un peu de distance pour éviter une éventuelle attaque du reptile.

— Reviens ici tout de suite ! ordonna Ariane. Tu veux la vérité ? Tu veux savoir pourquoi j'ai menti ? Alors assieds-toi !

Daniel reconnut assez rapidement le boa constrictor qu'Ariane bichonnait. À vue d'œil, il devait faire trois bons mètres. Daniel en avait des frissons. Comme elle le lui avait ordonné d'une voix ferme et autoritaire, il s'assit près d'elle, sans regarder le serpent. Il prit son courage à deux mains et se préparait mentalement à l'affronter.

— Que veux-tu savoir exactement ?

— Qui es-tu *réellement*, et où vis-tu ?

Ariane répondit avec un air amusé :

— Officiellement, je suis l'épouse de ce salopard de Gilles Perot. Mais dans mon cœur et mon âme, je suis veuve. Et où est-ce que je vis ? Dans la nature.

— Tu te fous de moi ?

Ariane se mit debout. Il l'imita. Elle tendit le boa qu'elle tenait à deux mains dans la direction de Daniel, qui recula, mal à l'aise.

— Non, je ne me fous pas de toi ! Et si tu veux en savoir davantage, il va falloir me faire un minimum confiance.

Il était désemparé, perdu, hésitant. « Un minimum confiance » avait-elle dit. Comme si cela ne suffisait pas, il devait porter ce boa.

« Confiance. Je vais t'en foutre, de la confiance, avec ta fichue bestiole. »

À contrecœur, Daniel prit le boa. Il se sentait comme un métal attiré par un aimant. Il voulait partir mais Ariane avait une emprise sur lui qu'il n'expliquait pas.

— Si tu veux que la bête soit à l'aise, mets-la autour du cou.

Ariane lui tourna le dos. Paniqué, il lui demanda :

— Où vas-tu comme ça ?

— En haut de la cascade. Et tu viens avec moi !

Il fut assailli de doutes. Ariane paraissait plus sûre d'elle que l'autre fois. Il repensa d'abord à sa dernière promenade avec ses deux fils et à leur funeste découverte. Il avait bien l'intention de poser l'ultime question : es-tu la meurtrière de tous ces pauvres gens ?

Ariane voyait bien qu'il hésitait à la suivre.

— Quoi ? Tu as peur ?

Elle s'approcha de lui avec une démarche gracieuse qui aurait facilement séduit n'importe quel homme. Elle lui caressa le visage du dos de la main, cherchant à le rassurer. Puis, subitement, elle tourna la tête du côté de la cascade. Quelque chose semblait avoir attiré son attention.

— Allez, viens ! Le temps presse.

— Un imprévu, c'est ça ?

— Si tu continues à traîner, oui, ce qui va suivre bientôt pourrait devenir un imprévu. Maintenant, suis-moi.

Il s'exécuta sans broncher, tout en restant sur ses gardes, craignant de tomber dans un piège. Pour se rassurer un peu, il se dit que si Ariane projetait de le tuer, elle l'aurait déjà fait.

Quand ils furent arrivés en haut, elle reprit le boa, lui arrachant un soupir de soulagement, certainement le plus long de sa vie.

— Alors, était-ce si dur que ça de porter un être aussi beau ? Ose me répondre oui et je te promets que je vais te mettre des cobras sous le nez.

— Oui et non. La seule chose qui me donne un peu de courage pour supporter tes bêtes, c'est que j'aimerais savoir ce qui se passe ici. Je viens à peine d'arriver en ville pour démarrer une nouvelle vie et je me retrouve cerné par des serpents et une femme bizarre qui n'a pas l'air d'avoir toute sa tête.

Daniel en avait gros sur le cœur. Mais par prudence, il faisait attention aux mots qu'il employait. Il avait peur de la réaction d'Ariane.

Contre toute-attente, elle ne fit rien. Au contraire, elle semblait amusée.

— Je te comprends. Mais passons. Je suis persuadée que tu as encore au moins une question, n'est-ce pas, Daniel ?

Il ne savait pas quoi dire. Elle avait réagi comme si elle s'était immiscée dans ses pensées. Mais il ne dit rien, aussi posa-t-elle la question à sa place :

— Suis-je l'assassin depuis toutes ces années ?

Elle lui saisit le visage des deux mains.

— D'une certaine manière, oui, je le suis. Mais je ne te tuerai pas. D'après mes informations, elle m'a dit que tu ne ressemblais pas aux autres hommes.

— *Elle* ? demanda-t-il.

— Oui, *elle*.

Le sol semblait s'écrouler sous les pieds de Daniel. Il n'arrivait plus à penser, ni même à réfléchir. Ariane tenait toujours son visage entre ses mains, son regard plongé dans le sien, tel un serpent qui charmait sa proie.

— Je vais te tuer, sale fils de pute ! dit une voix grave. Dégage de là !

Gilles, armé d'un fusil de chasse, se tenait juste derrière une autre personne. Daniel se libéra de l'étreinte d'Ariane, et sentit les ennuis arriver.

Elle souriait.

— Qu'est-ce qui te fait marrer ? demanda Gilles.

— La suite des évènements s'annonce drôle, lui répondit-elle.

Chapitre 12

Le fusil de Gilles était braqué sur la tête de Daniel. Ariane reconnut l'homme qui l'accompagnait. Il s'agissait de Fred, son plus vieil ami. Il avait le visage mat, les yeux sévères, et il tenait fermement une sacoche contre lui.

— Alors, salopard ! Elle était comment ma femme ? Bonne, j'imagine. Mais c'est *ma* femme. Il n'y a que moi qui peux la baiser, encore et à jamais.

— Bah voyons, s'exclama Ariane.

Elle se mit à rire, ce qui déplut beaucoup à Gilles, mais intriguait Fred.

— Salut, Fred ! Comment vas-tu ? Bien, je présume. Remarque, si tu arrives à coucher aussi facilement que mon ex-mari à droite et à gauche, tu devrais logiquement aller bien. Un pervers qui satisfait ses besoins primitifs va toujours bien. Gilles et toi, vous êtes des pervers. Ce n'est plus un secret pour beaucoup de gens.

— *Ex-mari* ? Tu te fous de moi ? Tu es toujours ma femme, que je sache. Grâce à Fred, je vais pouvoir plomber ce trou du cul, n'est-ce pas, mon pote ?

Fred acquiesça en ouvrant la sacoche, qui contenait une belle quantité de cartouches. La suite promettait une belle giclée de sang.

— À genoux, ordonna Gilles.

— Va te faire foutre, pauvre taré ! répliqua Daniel.

— Il n'a pas à t'écouter, ajouta Ariane. Et ce n'est pas un pervers infidèle qui va donner des ordres. Je te conseille de faire demi-tour, de m'oublier définitivement et de ne jamais revenir.

Gilles rigolait comme s'il avait respiré du gaz hilarant, le canon de son arme pointé vers le sol. Daniel eût bien tenté de saisir l'arme mais il était trop loin ; Gilles aurait le temps de la braquer à nouveau sur lui avant de presser la détente.

— C'est quoi que t'as autour du cou ? Un serpent ? Je croyais que tu détestais ces saloperies. Et arrête de sourire.

Mais Ariane prenait un grand plaisir à ne pas lui obéir ; elle continuait de caresser le boa.

Gilles pointa de nouveau son arme sur Daniel mais Ariane intervint encore en se plaçant devant lui, ce qui surprit Gilles.

— Fous le camp d'ici, Ariane ! Ce mec est à moi et j'ai bien l'intention de vider toutes mes cartouches sur lui.

— Alors, tue-moi d'abord.

— Non, je préfère te défoncer encore une fois, comme un homme est censé le faire à sa femme. C'est important que l'homme impose le devoir conjugal et que la femme s'y soumette.

Ariane perdit son sourire.

« Il est temps pour lui de clamser », pensa-t-elle.

Elle posa délicatement le boa au sol et Gilles visa le reptile. Le boa ne bronchait pas et fixait Gilles d'un regard froid et menaçant.

— Ça suffit, hurla-t-elle. Fred et toi avez dix secondes pour partir.

— Sinon quoi ? demanda Fred, visiblement amusé de la menace.

— Sinon, vous êtes morts.

Les deux hommes se mirent à rire tels deux collègues bourrés après une dure journée de travail. Gilles jouait avec son arme comme un enfant aurait manipulé une manette de jeu.

Ariane lança le compte à rebours dans sa tête.

« *10* »

Les choses sérieuses commençaient.

« *9* »

— Ariane, ne fais pas ça ! dit Daniel.

Elle leva sa main en guise de protestation, et aussi pour ordonner à Daniel de se taire. Elle le fixa en lui déclarant :

— Ils auront ce qu'ils méritent. Et ça, ce n'est pas moi que le dis.

« *8* »

« Ce n'est pas moi qui le dis. Mais qu'est-ce que ça signifie ? s'interrogea Daniel. Je dois trouver un moyen de me barrer. Cette femme est trop dangereuse et je me demande si je ne vais y rester malgré tout. »

« *7* »

Fred faisait le guet, à l'affût d'éventuels touristes ou randonneurs qui pourraient les rejoindre et les importuner.

« *6* »

Mais Fred vit une armée de serpents fondre sur eux. Ils progressaient vite. Très vite. L'angoisse commençait à prendre le contrôle de son corps, raidissant ses muscles, qu'il ne parvenait plus à mouvoir.

— Plus que cinq petites secondes, informa Ariane.

Désormais, les serpents leur bloquaient la route. Daniel sut qu'ils étaient là pour les deux hommes. Et que c'était Ariane qui les avait appelés.

« *4* »

Gilles comprit seulement à ce moment que lui et son ami étaient piégés.

— C'est toi qui fais ça ? demanda-t-il.

« *3* »

— Je viens de comprendre. C'est toi l'assassin !

— Bien joué ! dit-elle en applaudissant. Pour une fois que tu te sers de ta tête et pas de ton entrejambe.

« *2* »

Ariane reprit le boa et fixa Gilles. Pour la dernière fois.

« *1* »

Le temps s'était écoulé ; il était trop tard pour partir. Les deux hommes allaient mourir.

— Je vous ai offert une chance de vivre et vous avez refusé mon offre, annonça-t-elle. Vous allez découvrir comment la mort va vous accueillir. Adieu.

— Tu n'oseras pas me tuer. Ni moi ni Fred. Je sais que tu m'aimes toujours.

— Tu te trompes ! Et puis… qui t'a dit que j'allais te tuer ?

— Quoi ? s'étonna Gilles.

En un instant, tout s'enchaina : Gilles fut brutalement tiré dans l'eau, et lâcha son fusil qui atterrit aux pieds d'Ariane. Sous l'effet de surprise, Fred eut un sursaut mais ses muscles se raidirent immédiatement. Il vit la tête de son ami hors de l'eau, luttant en vain contre une paire de bras qui lui maintenait fermement le buste. Il vainquit sa paralysie d'un effort surhumain et vola au secours de son ami quand un bruit sourd le fit sursauter et tourner son regard vers Ariane. Elle tenait le fusil et venait de tirer en l'air pour dissuader Fred d'aider Gilles.

— Je te déconseille de faire ça, le prévint-elle. Ce salaud n'a que ce qu'il mérite. Et il me reste encore une cartouche pour t'exploser la cervelle.

Ariane se rapprocha davantage de lui, le fusil braqué sur son front. Elle ne tremblait pas. Fred comprit qu'elle n'avait pas peur de tuer et qu'au moindre faux pas, elle appuierait sur la détente.

Dans l'eau, Gilles luttait du mieux qu'il pouvait pour tenter d'échapper à ce qui le retenait. Tantôt il sortait la tête de l'eau, tantôt des mains le rattrapaient et le tiraient. Daniel, que Gilles voulait tuer un instant plus tôt, voulut le sauver quand même. Le souci, c'était Ariane. Mais aussi ce qu'il y avait dans l'eau. C'était perdu d'avance, il le savait. Comme si cela ne suffisait pas, les serpents les fixaient, lui et Fred, et ça, il venait à peine de le remarquer.

Gilles fut projeté hors de l'eau et envoyé contre la roche avant d'atterrir durement au sol. Ariane baissa le fusil alors que Fred poussait un soupir de satisfaction.

— Allez, va soutenir ton pote ! Ce n'est pas encore fini, alors profite.

Fred se précipita pour aider son ami mais fut immédiatement tiré en arrière et tomba sur le dos alors que Gilles se trouvait plaqué au sol ; une femme se penchait juste au-dessus de lui.

Ariane laissa éclater sa joie et s'exclama :

— Et le moment tant attendu arrive enfin ! Admire le spectacle, Daniel, ça va être amusant.

Daniel avait entendu Ariane mais il ne répondit pas. Il examinait cette femme, cette *chose*.

Cette *chose* ? Oui, il pensait que cette femme était une chose, un être inhumain. Il la scrutait : une chevelure brune et bouclée, le haut du corps nu, sa poitrine cachée par ses cheveux. Elle n'avait pas de jambes. Il crut halluciner, mais non. Et il ne rêvait pas non plus. Elle avait une queue de serpent qui, à vue d'œil, devait mesurer cinq mètres de long.

D'une certaine manière, Daniel croyait aux fantômes, aux esprits errants ; mais pas aux superstitions campagnardes créées pour faire peur aux gosses.

— Bienvenue à Ornans, Daniel ! dit Ariane. Je te présente mon ange gardien : la Vouivre.

Daniel n'en croyait pas ses oreilles. Elle venait de dire « *la Vouivre* ». Il se frotta les yeux et s'exprima à voix haute :

— Je suis en plein cauchemar, ce n'est pas réel, rien de tout ceci n'est réel. Je vais me réveiller et tout sera fini.

Une voix sensuelle, douce, féminine et presque réconfortante, prononça son nom… et ce n'était pas celle d'Ariane.

— *Daniel* !

Daniel ouvrit les yeux et vit avec angoisse que la Vouivre le fixait.

— Tu ne nages pas en plein cauchemar, tu sais. Mais nous n'avons pas beaucoup de temps. Je m'occupe de ces deux hommes et ensuite, je suis toute à toi.

La Vouivre empoigna violemment la tête de Gilles et planta ses dents dans la gorge. Il ne fallut pas longtemps pour que le corps de l'homme commençât à convulser. Sous les yeux effrayés de Fred.

— À ton tour maintenant, cracha la femme mi-humaine mi-serpent.

La Vouivre se déplaça avec une vitesse impressionnante. En une seconde, elle se tint devant Fred, qui frémissait de terreur. Elle le saisit par la gorge, le souleva avec aisance et le projeta en arrière. Il atterrit au pied de la cascade. Et quelle ne fut pas sa surprise en constatant qu'il était cerné par une armée de serpents. Tous de la même race : des cobras. Ils formaient un cercle parfait. Têtes dressées, coiffes déployées, souffle bruyant et terrifiant, les cobras fixaient leur proie de leur regard malsain. Fred tenta de se frayer un chemin entre eux : raté. Les cobras tentèrent de le mordre quand il essaya de s'échapper du cercle.

— C'est l'heure d'y aller, Ariane, ordonna la Vouivre. Et toi, tu vas nous suivre.

Daniel comprit que ces derniers mots lui étaient adressés.

— Et pour lui, que comptez-vous faire ?

— Ne te fais pas de souci pour lui, répondit Ariane. Tu vas pouvoir découvrir par toi-même ce qui va lui arriver.

Ariane passa devant, suivi de Daniel. La Vouivre ferma la marche.

— Mais qu'est-ce qui vous prends de tuer des gens ? Vous vous prenez pour qui pour faire ça ? Parce que vous êtes à moitié serpent, vous croyez sans doute que ça vous donne le droit de tuer ?

— Hou, mais c'est qu'il se rebelle, dis donc. Écoute-moi bien, Daniel. J'ai de bonnes raisons de me comporter ainsi, de tuer des gens. Si je veux être bienveillante, je le serai, si je veux être sadique, je n'hésiterai pas une seconde. Maintenant, tu la fermes et tu avances.

Sa longue queue reptilienne donnait des sueurs froides à Daniel. Ariane l'avait bien ressenti. Quand il entendit un bruit sourd, sa tête se tourna en direction de Fred. Celui-ci venait de se mettre à genoux, lourdement.

L'ami de Gilles avait les larmes aux yeux. Quand le trio rejoignit Fred, la Vouivre sourit, Ariane émit un ricanement, et Daniel y sentit, avec dégoût, toute la joie qu'elles éprouvaient en mettant un homme à mort. Parce qu'il l'avait bien compris, Fred allait mourir. Son corps serait rempli de venin de cobra.

La bouche ouverte, ses yeux qui lui dévoilaient l'horreur, ses oreilles qui lui faisaient entendre la souffrance d'un homme sur le point de rendre l'âme, Daniel allait assister, impuissant, à un meurtre commis par une créature mythique et sa folle complice.

— Notre public arrive, annonça la Vouivre. Prenons un peu de hauteur, le spectacle n'en sera que plus délicieux.

Daniel pensait qu'Ariane avait peut-être des problèmes d'ordre psychiatrique et que la Vouivre abusait de ses faiblesses. Non, il se faisait certainement des idées Il ne les connaissait qu'à peine. Il était sûr d'une chose, il fallait être fou pour éprouver du plaisir à tuer.

Arrivée en haut, sur un sentier de randonnée, Daniel vit les yeux de la Vouivre virer au vert étincelant. Au même moment, Fred se mit à hurler : les cobras l'attaquèrent chacun leur tour.

— Quel bel orchestre machiavélique ! murmura la Vouivre. Tu ne trouves pas, Daniel ?

La bouche de la Vouivre frôlait son oreille mais il n'y prêta pas attention. Il regardait les cobras mordre Fred. Ce fut alors que des cris – qui n'appartenaient pas à Fred – s'élevèrent dans les airs, en contrebas. Un groupe de personnes assista à la scène. L'horreur les submergeait, les paralysait.

« C'est donc eux, le public », pensa Daniel.

Une des personnes prit son courage à deux mains et commença à s'approcher tandis qu'une deuxième lui criait dessus sans que Daniel ne comprît un seul mot.

— Il a du cran, admit la Vouivre dont les yeux brillaient de nouveau.

Les cobras se retournèrent et s'avancèrent vers le groupe, qui prit aussitôt la fuite.

Le corps de Fred était inerte. C'était fini.

Daniel voulut le rejoindre mais impossible : quelque chose bloquait ses jambes. La queue de la Vouivre l'emprisonnait.

— Il est temps d'avoir une conversation, dit cette dernière.

Ce fut alors que Daniel reçut un coup en plein visage, puis derrière la tête, avant de sombrer dans l'inconscience.

Chapitre 13

En ce mois de juin 2017, Ariane rentrait chez elle après une journée de travail chargée. Ce jour-là, et pour sa plus grande satisfaction, il y avait foule dans la boutique de vêtements où elle travaillait en tant que vendeuse, à l'est d'Ornans. C'était là sa seule échappatoire face à son mari tyrannique. Le temps radieux lui permettait de s'y rendre à pied depuis quelques jours ; elle en profitait, même si le trajet s'en trouvait rallongé.

Depuis toutes ces années qu'elle était mariée à Gilles Perot, elle n'accumulait que déceptions et désillusions. Cet homme prétendait l'aimer, la respecter et vouloir la chérir. Tout ceci n'avait été qu'un tissu de mensonges dont seuls les manipulateurs avaient le secret.

Avant leur mariage, Gilles ressemblait à un homme calme, doux et attentionné. Ariane avait remercié le ciel pour que leurs chemins se fussent croisés. Lui avait hérité de la boutique de pêche après la retraite de son père. À ce moment-là, il ne connaissait pas encore la femme qu'il allait épouser. Leur rencontre se fit lors d'un mariage d'amis en commun.

Un hasard ou le destin ?

Le destin pour Ariane. Gilles ne parlait jamais de ce genre de choses. Avant leur mariage, il l'avait gâtée, comblée de bonheur et d'amour.

Ariane n'oublierait jamais la nuit de noces qu'elle avait consacrée à son amour fou pour Gilles – une nuit de noces en Espagne, sensuelle, érotique et magique.

Au retour de ce voyage, Gilles changea complétement. Il l'obligea à faire la cuisine régulièrement. Quant au ménage, c'était une tâche réservée aux femmes d'après lui ; il paraissait donc tout naturel qu'elle s'y collât, que cela lui plût ou non. Et pourtant, ce n'était pas le pire, loin de là. Quand il faisait des soirées avec ses amis, Gilles lui imposait de rester à la maison pour subvenir à ses besoins – lui faire à manger et lui servir une bière quand il l'exigeait, et ne pas le contredire ou lui tenir tête en présence de ses amis. Elle était soumise, humiliée, dénigrée. Elle avait peur ; elle n'osait pas en parler.

Ariane était une femme fragile et, surtout, trop gentille, qui n'arrivait que très rarement à dire non et pardonnait trop facilement. La gentillesse était l'une de ses qualités avant de devenir son point faible. Toujours prête à rendre service et à aider si besoin… mais incapable de dire non, même quand on lui demandait quelque chose qu'elle ne voulait pas faire… Et Gilles en profitait. Il le lui avait fait comprendre.

Peu de temps avant leur mariage, Gilles lui avait avoué avoir fait un séjour en prison pour violence et menace de mort, insistant sur le fait que cette partie de sa vie était désormais derrière lui. Il lui avait précisé avoir eu ce comportement suite à une rupture difficile, et avoir mal agi envers les gens qui l'avaient blessé en se moquant de son embonpoint.

Ce ne fut que deux mois après leur lune de miel que Gilles lui avait avoué ses mensonges. Ce n'était pas à cause de moqueries qu'il avait été dans une geôle, mais parce qu'il battait et menaçait son ex-femme de l'époque. Il lui avait menti pour mieux la manipuler.

Le bonheur s'était dissipé, son cœur s'était brisé. Elle comprit qu'elle s'était fait avoir.

Elle tenta, en vain, de mettre fin à leur mariage. Malheureusement, jamais elle n'avait trouvé le courage de franchir le pas. Elle avait déjà vu plusieurs reportages télévisés qui parlaient de femmes maltraitées, apeurées par des maris aussi violents qu'impulsifs, et savait également que des femmes se faisaient tuer. Ces hommes se justifiaient lâchement en parlant d'un amour sincère, métamorphosé d'un coup en crime passionnel, sans comprendre pourquoi...

Foutaises à ses yeux ; voilà une raison grotesque qui permettait de minimiser les faits reprochés. Ce n'était pas de l'amour, mais de la jalousie pure et simple.

Le plus répugnant, avec ces individus, c'était la peur qu'ils ressentaient à imaginer l'infidélité de leur femme, alors même que leur statut « d'hommes virils » les dédouanait de toute responsabilité quand ils commettaient cette faute.

Gilles était infidèle ; elle l'avait déjà surpris dans les bras d'une autre femme, à plusieurs reprises, à l'embrasser, à la complimenter dans le seul but de s'attirer ses faveurs.

Le corps d'Ariane commençait à trembler, comme tous les soirs. Ses yeux fixaient une maison, la sienne. La maison du cauchemar, comme elle l'appelait. Gilles l'attendait déjà de pied ferme. Ariane n'avait aucun moyen d'y échapper, aucun moyen d'y faire face. Le bourreau qui se trouvait à l'intérieur attendait patiemment que son épouse rentrât pour combler ses attentes et ses besoins. Elle n'avait pas le choix, elle devait rentrer. Ses amis et ses collègues de travail ne se doutaient de rien. Elle se voyait mal arriver chez eux à l'improviste, en panique, pour demander de l'aide contre son mari violent. Gilles aurait été capable de débarquer avec toute la rage qu'Ariane lui connaissait, et de s'en prendre à ceux qu'elle aimait le plus. Elle craignait avant tout pour ses amis, pas pour elle. Elle voulait les protéger.

Elle ouvrit la porte d'entrée mais n'eut pas eu le temps de mettre un pied dans sa maison que Gilles l'alpagua.

— Bonsoir, ma chérie.

Elle entra et ferma la porte sans prendre la peine de cacher sa peur. Gilles avait conscience de l'emprise totale sur sa femme et il aimait ça. Il la prit dans ses bras, la serra contre son corps dodu, et l'embrassa grossièrement. Ariane fut dégoutée de sentir ses lèvres sur les siennes et sa langue pénétrer dans sa bouche.

— J'ai cru que tu ne rentrerais jamais. Tu aurais pu bouger ton petit cul un peu plus vite.

Il desserra son étau de fer et lui jeta un regard sévère.

— Je crève la dalle. Dépêche-toi d'aller me faire à manger. Et correctement.

Gilles se dirigea vers le salon, d'où parvenait le son fort de la télé. Des coups de feu et des explosions provenaient d'un film d'action qu'il connaissait par cœur mais dont le titre échappait toujours à Ariane. En se posant dans son fauteuil fétiche, il hurla :

— Pendant que tu y es, apporte-moi deux bières.

Elle obéit à contrecœur.

Dans la cuisine, elle sortit les deux bières fraîches du frigo et les lui apporta avec un décapsuleur. En faisant demi-tour, une main lui saisit fermement le poignet.

— Chérie, tu n'as rien oublié ?

Gilles la regardait avec insistance. Elle comprit ce qu'il lui reprochait.

— Tu aurais quand même pu m'ouvrir mes deux bouteilles. C'est pas si compliqué de prendre des initiatives pour me combler.

Ariane sentit la main de son mari serrer son poignet. Elle se retenait de gémir... et de pleurer. Elle avait beau avoir l'habitude de ce genre de scène chaque jour, cela finissait toujours par de la souffrance et des larmes.

— Peu importe, dit Gilles en soupirant d'exaspération. Va faire à manger.

Ariane rêvait de s'échapper ou de voir son mari derrière les barreaux pour toujours. Elle referait sa vie sans remord, loin de tout. Loin de Gilles. Ce n'était qu'un rêve : les rêves étaient là pour nous permettre de nous évader temporairement. La réalité était insipide. Surtout dans son cas.

Quand la table fut installée et le repas prêt, Gilles prit place. Ariane se joignit à lui en apportant des pâtes au fromage.

Le repas fut terminé quinze minutes plus tard sans aucun reproche de la part de Gilles envers sa femme, mais sans qu'elle ne sût non plus si c'était une bonne chose. Rien de bon ne pouvait provenir de Gilles. Ariane le savait pertinemment. Cet homme n'avait pas de cœur ni d'âme.

Son seul plaisir était de satisfaire ses exigences, par tous les moyens possibles.

Il voulait une bière, Ariane devait lui en apporter une immédiatement.

Il voulait manger un repas spécifique, Ariane devait le faire à la perfection, sans se plaindre.

Il voulait du sexe, Ariane devait le satisfaire même si elle se faisait traiter comme un objet sexuel.

Il voulait coucher avec une autre femme, Ariane devait l'accepter.

Il était en colère, Ariane se transformait en sac de frappe et croulait sous les coups.

Elle n'était qu'un bouc émissaire.

Elle se souvenait du jour où elle lui avait demandé combien de femmes il avait connues. Elle voulait savoir combien d'entre elles s'étaient fait battre et maltraiter. Mais Gilles n'avait pas été dupe. Il avait parfaitement compris ce qu'elle voulait : connaître le nombre de femmes sur son tableau de chasse. Il l'avait attrapée par les cheveux et giflée si violemment qu'Ariane ne l'oublierait pas. Il l'avait en outre menacée de la battre si elle osait reposer une question pareille.

Ariane s'était emmurée dans son mutisme. Pendant un certain temps, elle avait envisagé la seule autre échappatoire possible : la mort. Mais pour elle, un tel acte était un signe d'égoïsme à l'état pur. Elle s'était éloignée de sa famille ; sa seule raison de rester dans ce monde, c'était ses amis.

— Je monte, chérie. Je t'attends. Il y a un film qui commence dans trente minutes et j'aimerais le regarder. Alors rejoins-moi après avoir débarrassé la table. Tu feras la vaisselle demain, ça m'évitera de poireauter trop longtemps.

Ariane frissonna. Pas à cause de la voix de son mari. Mais à cause de ce qu'il venait de dire. Voilà le moment qu'elle redoutait le plus : quand son mari prenait possession de son corps avec violence. Le pire l'attendait... et elle n'avait pas le choix.

Elle se leva et s'exécuta. À l'étage, dans la chambre du couple, Gilles l'attendait déjà, nu. Son sexe en érection écœurait Ariane.

Il alluma une des lampes de chevet, puis ordonna à Ariane d'éteindre la lumière du plafond.

Gilles s'approcha d'elle.

— Maintenant, je veux que tu te déshabilles lentement, sensuellement, et que tu m'offres un beau spectacle.

Les mains d'Ariane tremblèrent. Son mari s'allongea dans le lit conjugal. Alors qu'elle enlevait ses habits un à un, avec exécration, Gilles commença à se toucher le sexe. Puis d'un geste, il lui fit signe de s'approcher. Machinalement, elle prit place sur lui, prête à subir la pire humiliation.

Gilles commença par lui caresser le visage. Il descendit jusqu'à la poitrine, avant de lécher ses mamelons. C'était toujours à partir de ce moment-là qu'Ariane pleurait, et ce soir n'échappait pas à la règle. Pendant que son mari continuait de la souiller, elle fixa le mur, ne voyant que le néant.

Les doigts de Gilles continuèrent leur ascension sur ses jambes puis sur son sexe. La douleur qu'elle sentit n'était que les préliminaires, pour son sadique mari. Le pire restait à venir.

Il laissa Ariane s'allonger sur le dos et son sexe la pénétra. Gilles commença à faire des va-et-vient rapides et désagréables. Chaque mouvement se faisait de plus en plus rapide. Ariane laissait ses larmes couler ; Gilles ne réagissait pas, il sentait le plaisir s'accentuer et rien d'autre ne lui importait.

Soudainement, il la retourna sur le ventre et la pénétra de nouveau, avec toujours autant de brutalité. Il poussait des râles de plaisir. Les minutes défilaient lentement pour Ariane. La douleur envahissait de plus en plus son corps. Puis plus rien. Gilles venait de jouir en elle et se retira instantanément.

— Putain, je crève de chaud ! baragouina-t-il. Tu dois être fatiguée après tous ces efforts, ma chérie. Repose-toi.

Avant de partir, il déposa un baiser sur les cheveux de sa femme.

— Bonne nuit ! Fais de beaux rêves !

Il s'évapora de la pièce comme si de rien n'était, laissant sa femme nue et figée.

Ariane se recroquevilla en position fœtale. Elle se laissa aller à ses émotions et fondit en larmes. Elle avait la sensation que son corps maculé d'impuretés ne lui appartenait plus. Dehors, la nuit était sur le point de répandre son obscurité.

L'obscurité : Ariane ne la connaissait que trop bien. Ses années de mariage l'avaient conduite dans une souffrance extrême, une solitude inquiétante et une peur grandissante.

Elle se leva péniblement, les jambes lourdes. Son vagin la faisait atrocement souffrir. Son mari la violait toujours avec une force effrayante. Chaque semaine qui passait lui donnait l'impression qu'elle n'était qu'une marionnette, un objet sexuel.

Oui, son propre mari la violait. Et il n'y allait pas par quatre chemins. Il faisait ce qu'il voulait, quand il voulait. Avec toutes les menaces de représailles que subissaient les victimes de viol, Ariane n'avait jamais réussi à trouver le courage de porter plainte. Les femmes qui subissaient un viol ne se sentaient pas seulement sales mais abandonnées. Leurs bourreaux ne purgeaient pas de grosses peines ou n'étaient condamnés qu'avec sursis. Certaines de ces femmes ne se sentaient pas suffisamment protégées par la loi ; Ariane en faisait partie.

Dans la salle de bains, elle fit couler l'eau brûlante de la douche. Ça pouvait certainement lui faire du bien mais ne la soulagerait pas de toutes ses peines. Elle s'aspergea de shampoing et de gel douche en frottant à plusieurs reprises toutes les parties de son corps. Elle sentait encore la transpiration de son mari sur sa peau et sa semence couler de son entrejambe. Elle était plus que jamais au bout du rouleau et voulait que tout s'arrêtât. Elle voulait mourir... ou que son mari mourût dans d'abominables souffrances.

Après vingt longues minutes, elle retourna dans sa chambre plongée dans le noir puis ouvrit la porte coulissante, donnant sur le balcon, avant de s'allonger à même le sol. Elle avait besoin de se rafraîchir avec l'air extérieur.

Une heure plus tard, la fatigue commençait à la gagner. Elle alla s'allonger dans son lit et fixa le balcon avant de fermer les yeux et de prier. Elle voulait de l'aide... tout de suite.

— Seigneur, s'il vous plait, faites que tout ceci s'arrête. Je ne veux plus souffrir, je veux être heureuse. Ayez pitié de moi, envoyez-moi un ange gardien. Par pitié, faites que ce cauchemar s'arrête.

— Tu m'as appelée ?

Ariane paniqua au son de la voix qui s'était manifestée. Elle pensa d'abord qu'il s'agissait de son mari, avant de remarquer la femme qui se tenait sur le balcon et l'observait sans bouger.

Ariane voulut se lever pour partir en trombe mais son corps était trop faible. Elle tenta de contrôler sa respiration du mieux qu'elle put. La silhouette en face d'elle ne bougeait toujours pas.

— Qu... qui êtes-vous ?

— Ton ange gardien ! Tu m'as appelée, alors me voilà.

La silhouette entra dans la chambre et alluma la lampe de chevet. Elle s'approcha lentement d'Ariane et lui tendit une main. Sans être sûre de ce qu'elle faisait, Ariane la saisit et s'assit.

Elle fixa cette inconnue dans sa chambre : une femme aux cheveux bruns bouclés avec des yeux verts. Un collier émeraude pendait à son cou. Quelque chose choquait Ariane. Cette femme était elle aussi nue.

« Est-ce qu'on l'aurait violée ? Bon dieu, faites que non ! »

— N'aie crainte ! Je ne te ferai aucun mal. Je suis là pour toi. Dis-moi comment t'aider.

Une larme coula sur la joue d'Ariane. Peut-être une larme d'espoir.

— Je veux... être heureuse. Je veux qu'il souffre et qu'il meure. Maintenant.

L'ange gardien sourit et la prit dans ses bras. Ariane se sentit gênée de se trouver peau contre peau avec une autre femme.

— Je comprends. Je peux accéder à ta requête mais pas tout de suite. Bientôt, je te le promets. Mais avant toute chose, j'ai une question pour toi.

Ariane était toute ouïe.

— Aimes-tu les serpents ?

Ariane pensait qu'elle allait lui demander si elle voulait que son mari mourût, mais non.

« Pourquoi me demander une telle chose sans rapport avec ce que je souhaite ? » se demanda-t-elle, à la fois étonnée et effrayée par cette question.

Cependant, elle répondit sincèrement.

— Non ! C'est ma phobie. Ne m'en voulez pas.

— Oh... mais je ne t'en veux pas. Au contraire, je suis ravie de ta franchise. Mais tu dois savoir une chose très importante : si tu veux que je t'aide, il faudra faire deux efforts. Te sens-tu prête pour cela ?

— Quels efforts ?

— Aimer les serpents. Contrairement aux idées reçues, ils ne sont pas mauvais. Je peux transformer ta peur en force. Les serpents ne seront plus ta crainte, ils seront tes alliés. Alors... prête ou pas ?

Ariane se sentait convaincue par les dires de cette femme.

— Je suis prête à essayer, déclara-t-elle.

— Parfait ! Si tu veux réussir, tu devras y mettre tout ton cœur. Si tu fais ça, tu y arriveras… et ton souhait sera exaucé.

Les deux femmes se levèrent, un rictus s'esquissait sur le visage d'Ariane.

— Et quel est le deuxième effort ? l'interrogea Ariane.

— Je reviendrai bientôt pour te mettre à l'épreuve. Ce qui veut dire que tu devras faire preuve de patience.

— C'est tout ?

— Oui, c'est tout. Si tu arrives à affronter ta phobie des serpents, tu auras ce que tu souhaites. En revanche, Gilles ne mourra pas tout de suite. Tu m'as dit que tu voulais qu'il souffre ? Alors, nous le ferons souffrir. Ensemble. Toi et moi.

L'ange gardien fixa Ariane.

— Je dois partir. Prépare-toi, le grand jour va arriver.

Alors qu'elle était sur le point de s'en aller, Ariane lui demanda son nom.

— Tu sauras mon vrai nom en temps voulu. Néanmoins, tu peux m'appeler par celui que l'on me donne depuis très longtemps.

Elle se tourna vers Ariane pour satisfaire sa curiosité.

— La Vouivre.

L'ange gardien s'éclipsa dans les ténèbres qu'offrait la nuit.

Pour la première fois depuis son mariage, Ariane sourit. Un sourire radieux illuminait son visage. La chance tournait enfin en sa faveur. Elle serait bientôt vengée… et elle n'attendait que ça.

Gilles allait avoir ce qu'il mérite.

Chapitre 14

Une chaleur naturelle, un léger vent qui apparaissait et disparaissait comme un fantôme, une nuit très calme, presque inquiétante. Ariane venait tout juste de repenser à un jour comme les autres, lorsqu'elle vivait encore avec Gilles, et à sa première rencontre avec la Vouivre. Avoir pensé une dernière fois à l'une de ces horribles journées en sa présence, c'était comme refermer le livre de leur histoire pour pouvoir passer à autre chose. Et commencer une nouvelle vie. La Vouivre avait tenu sa promesse. Elle ne craignait plus les serpents grâce à elle. Sa phobie était devenue sa force.

Lorsque Daniel reprit conscience, il était en face d'Ariane. Elle mangeait ce qui ressemblait à un sandwich. En scrutant les alentours, il remarqua l'absence de la Vouivre.

— Ne t'en fais pas, elle ne devrait plus tarder. Pas trop brutal, le réveil ?

— Laisse-moi t'assommer à mon tour et tu pourras constater par toi-même.

Ariane était assise en tailleur devant le feu qui brûlait entre elle et Daniel. Ils s'affrontèrent du regard un très long moment, comme s'ils allaient débattre sur un sujet primordial. Ariane vint à la rencontre de Daniel et s'assit juste à côté de lui.

— Apparemment ronchon, dit-elle en tendant son sandwich. Tiens, mange !

— Quelle heure est-il ?

— Plus de deux heures du mat'. Maintenant, mange. Tu as besoin de forces.

Il s'exécuta, croquant dans le classique sandwich jambon-emmental avant de s'apercevoir avec effroi qu'il était resté inconscient pendant plus de huit heures. Ariane lui tendit une bouteille d'eau dont il but immédiatement de longues rasades. Elle pencha sa tête en arrière, les yeux fermés. Il régnait un calme froid et de mauvaise augure. En l'espace d'un instant, la vie de Daniel venait de basculer dans l'horreur. Une fois de plus. Le plus terrifiant, c'était que depuis tout petit, et comme tous les habitants du coin, il avait entendu des millions de fois le mythe de la Vouivre.

Daniel ne voulait pas repenser à ce mythe en détail ; il avait déjà du mal à se remettre de la situation actuelle.

— Qu'est-ce que vous comptez faire de moi ?

— Telle est la question, répondit la Vouivre.

Elle se tenait juste derrière eux. Elle s'approcha de Daniel et sa queue commença à envelopper ses jambes Il tentait de se débattre du mieux qu'il pouvait. Elle l'empêcha de gesticuler davantage en lui saisissant les deux bras avec une force troublante.

Dans les souvenirs de Daniel, la seule et unique force de la Vouivre était sa redoutable armée de serpent, prête à tuer quiconque lui déroberait son Escarboucle. C'était sa manière d'intimider les voleurs à la recherche du joyau. Dans une autre souvenance, elle était une magnifique femme qui venait tenter les hommes. Mais Daniel n'y avait jamais vraiment cru, évidemment. Jusqu'à présent. Toutes les convictions qu'il avait pu avoir sur la vie semblaient subitement ébranlées. Lui qui n'avait jamais voulu croire aux histoires de fantômes et aux superstitions, les choses seraient différentes, dorénavant. Et la Vouivre, la vraie, semblait plus dangereuse que dans les histoires.

— Est-ce réglé ?

En entendant la voix d'Ariane, Daniel sortit de ses pensées.

— Normalement, tout est bon. Mes petits bébés resteront avec lui jusqu'à ce que quelqu'un découvre le cadavre. Il n'y aura aucun doute possible. Il sera considéré comme une nouvelle victime des serpents.

La Vouivre fixait intensément Daniel, avec un regard perturbant. Leurs visages étaient séparés par quelques centimètres à peine. La dernière fois que son visage avait été aussi proche de celui d'une femme, c'était avec Irène. La peur et la répulsion surpassaient de loin l'attraction qu'il aurait éprouvée en d'autres temps, et d'autres lieux. Son regard était plongé dans celui de la Vouivre. La souris face au serpent.

— Tu as peur et tu ne le caches même pas. J'apprécie quand un homme montre ses émotions. Pas toi, Ariane ?

— Oh si ! dit-elle en levant la tête. Alors, Daniel, tu n'as pas faim ?

— Je n'ai rien contre les serpents mais me retrouver emprisonné dans leurs anneaux me bloque l'estomac.

— Toutes mes excuses, ironisa la Vouivre en le libérant.

Elle prit place en face de lui et Ariane et gagna de la hauteur grâce à sa queue.

— Pardonnez ma curiosité mais c'est la queue d'un anaconda que vous avez ? interrogea Daniel.

Voilà qui surprit les deux femmes.

— Évidemment, quelle question. Tu es un peu à côté de la plaque, mon pauvre. L'anaconda est le serpent le plus efficace pour étouffer ses victimes ou broyer ses os. En ce qui me concerne, la mienne fait huit mètres de long, pour être précise. À mon tour de te questionner. Penses-tu être un homme bien ? Un homme digne de vivre ?

La Vouivre n'avait plus cette espèce d'air sadique dans son regard, mais un sérieux indéchiffrable. Daniel était secoué, mais pas décontenancé pour autant. Il comprenait que la suite de cette nuit allait dépendre de sa réponse. Il souhaitait logiquement donner la réponse qui pourrait le sortir de là à coup sûr. Mais mentir semblait suicidaire. Il était en présence de deux femmes avec lesquelles il valait mieux éviter de prendre des risques.

Il se rassit correctement mais péniblement : une douleur commençait à se manifester au niveau des lombaires. Il regarda Ariane, puis la Vouivre, soupira et répondit.

— Oui et non. Comme tout le monde, j'ai fait de mauvaises choses.

— Tout le monde ? s'étonna la Vouivre. Non, pas tout le monde. Tout dépend de ce que tu appelles *mauvaises choses*. Vois-tu, quand quelqu'un fait de mauvaises choses, selon mes lois, généralement il meurt. Mais quand je te vois, je me dis que tu dois être différent des autres personnes que j'ai croisées tout au long de ma vie. Surtout en ce qui concerne les hommes. Et j'espère ne pas me tromper. D'ailleurs, les femmes et les enfants ne sont pas épargnés pour autant. Je considère qu'à partir de dix ans, un enfant peut mourir.

— Pourquoi ? Qu'est-ce qui te permet de commettre des actes aussi ignobles ?

La Vouivre ne répondit pas tout de suite. Sa queue effleurait les joues de Daniel, ce qui le répugnait.

— Je savais que tu poserais la question, répondit-elle. Mais dis-moi : qui crois-tu être pour me juger ainsi ? Connais-tu mon histoire ? Mon passé ?

Daniel était terrorisé par la créature. Son regard dégageait une sensation de puissance et de force. Il pensait qu'au point où il en était, il ferait mieux d'être honnête et franc. Elle posa ses mains sur ses épaules et le maintint fermement. Il grimaça mais la Vouivre sourit malicieusement.

— Regarde-moi dans les yeux et réponds-moi. Sais-tu qui je suis vraiment ? Qui j'étais avant ?

Daniel la regarda. À ce moment précis, il se sentit comme une proie. Prenant son courage à deux mains, il répondit :

— Non, je ne connais pas ton histoire.

Daniel se sentit mieux tout d'un coup. La Vouivre lâcha son étreinte et recula un peu.

— Tu vois, ce n'était pas bien compliqué de répondre.

Daniel fut sur le point de se lever lorsque la Vouivre le plaqua au sol d'un coup sec avec sa queue.

— Tu vas bientôt rentrer. Mais avant, j'ai besoin de savoir quelles sont tes intentions. Personne ne te croira si tu dis que j'existe. Mais pour Ariane, as-tu l'intention de tout dire ?

— Non ! Je ne dirai rien. Je veux juste partir. Je suis fatigué et j'ai besoin de penser à autre chose et de voir mes garçons.

— Ah, oui ! Maël et Steven. Je préfère te mettre en garde. Si tu prononces un seul mot, tu peux être sûr que tu vas perdre un être cher. Entre tes enfants, tes neveux, ta sœur et son petit-copain, je n'aurais que l'embarras du choix. Compris ?

Daniel opina du chef.

— Tu peux partir.

La Vouivre laissa Daniel se lever.

— Savoure ta liberté et essaie de penser à autre, car nous nous retrouverons plus tôt que tu ne le crois.

Daniel n'eut pas le temps de comprendre ce qu'elle entendait par là. La Vouivre lui assena un puissant coup de queue au visage ; et il perdit conscience sur-le-champ.

Chapitre 15

Daniel se réveilla en sursaut. Son regard balaya la pièce dans laquelle il se trouvait : sa chambre. Il poussa un soupir de soulagement.

— La nuit a été longue ? À voir ta tronche, je dirais plutôt oui.

Daniel sursauta une nouvelle fois. Son fils Maël se tenait dans l'entrebâillement de la porte. Il dévisageait son père avec une grande curiosité.

Maël portait un t-shirt blanc taché de noir, un jean, et tenait à la main une assiette de pâtes à la carbonara qu'il déposa sur la table de chevet.

— Drôle de petit déjeuner, tu ne crois pas ?

— Je les ai réchauffées. Il est presque seize heures. À quelle heure t'es encore rentré ?

« Seize heure ? Bon sang, comment j'ai pu dormir aussi longtemps ? »

— Après, c'est sûr que, quand on rentre aussi tard et bourré, on se lève tard, naturellement, ajouta Maël en le narguant d'un sourire.

— Je n'étais pas bourré, se défendit-il.

Il leva un doigt en guise de protestation face à la nervosité de son fils qui pointa son index en direction du pied du lit pour montrer sa preuve.

Il y avait une bouteille de whisky à moitié vide. Daniel ne comprenait pas comment elle avait pu arriver là.

— Farceur comme tu es, mon fils, je dirais que c'est toi qui l'as bue et qui as voulu me faire une blague douteuse.

— Je ne te fais pas de blague ! Je n'oublierai jamais que tu as traversé une période noire à cause de l'alcool, et que ça a été encore plus noire pour la mère. J'espère juste que tu ne rechuteras pas. Parce que je te promets que je me barre je ne sais où, si je revis le même enfer !

Maël avait prononcé ces dernières phrases en pleurant. Son père se précipita vers lui et le prit dans ses bras pour le consoler, le rassurer. Daniel venait de prendre conscience que ça faisait des années qu'il n'avait pas pris affectueusement un de ses fils dans ses bras. Ce n'était pas vraiment son genre, tout comme ce n'était pas celui de son ex-femme La dernière fois, cela remontait à avant leur entrée au collège. Par la suite, Daniel ne s'était plus précipité vers eux pour les rassurer mais pour leur en coller une à chaque fois que le proviseur de leur établissement le prévenait de leurs inepties.

Daniel décida de jouer la carte de l'improvisation. Il devait apaiser son fils.

— Fiston, tu veux savoir ce que j'ai fait ? Tu veux qu'on parle d'homme à homme ? Je n'ai rien à me reprocher, alors je suis prêt à te raconter ce que j'ai fait hier.

Maël dévisagea son père. Une vraie conversation était chose rare entre les deux.

— Encore heureux !

— Alors, assieds-toi.

Daniel se massa la tête. Les coups qu'il avait reçus lui faisaient mal.

— C'est tout bête. Hier, en fin d'après-midi, j'ai... heu... je suis allé à la Source du Lison pour me changer les idées. J'ai croisé le chemin d'une femme qui est venue me parler... de la pluie et du beau temps. On a papoté, encore et encore. Il faut dire que les femmes adorent la tchatche. Le temps est passé très vite, comme un éclair. Et... Attends, faut que je retrouve la suite de l'histoire. Ah... oui... Elle m'a proposé d'aller boire un verre chez elle, puis de... diner ensemble.

Maël se mit à rire.

— Laisse-moi deviner : tu as fini dans son lit ?

— Je n'ai même pas eu cette chance, dit-il pour galéjer. Après le diner, on a parlé jusqu'à trois heures du matin, à peu près. En partant, on s'est salués et on s'est fait la bise. Sur le chemin du retour, j'ai croisé la route d'un mec bourré comme pas possible. Il a menacé de me frapper avec sa bouteille, sans raison. Je ne l'ai même pas regardé. Il en a profité pour me mettre un coup sur la tête et m'a insulté. En guise de réponse, je l'ai légèrement bousculé et je me suis barré avec sa bouteille.

Maël trouvait amusante la mésaventure de son père.

— Et pourquoi tu nous as pas prévenus ? On s'est fait du souci.

— Je sais, c'est débile de ma part mais j'ai complétement zappé.

Son fils haussa les sourcils, lui donna une tape sur le dos et se leva.

— Pense à nous prévenir si tu revois cette femme.

— Promis, chef !

Maël sourit à son père et lui fit une bise. Daniel en fut estomaqué. Son fils ne lui en avait pas fait depuis longtemps, il n'en revenait pas. Pour lui, c'était le signe que Maël commençait réellement à se sentir bien dans sa peau.

— Pendant que j'y pense, il y a un flic en bas qui parle avec Léon, le prévint Maël avant de quitter la chambre.

Daniel prit la bouteille de whisky, son assiette de pâtes et descendit au rez-de-chaussée.

« Un flic ? Pour quelle raison ? »

Il se remémorait le moment où le commandant de la gendarmerie l'avait questionné, le lendemain de son arrivée, après avoir découvert le cadavre du vieil homme. Il cogita et conclut hâtivement que les flics le soupçonnaient peut-être de meurtre, même si cela manquait de logique.

Subitement, un autre détail refaisait surface dans son esprit : la Vouivre lui avait dit qu'ils se reverraient bientôt. Que manigançaient-elles, Ariane et elle ? Et surtout, qu'avaient-elles réellement fait du corps de Gilles Perot ? Elles avaient dit quelque chose à son sujet mais il ne savait plus quoi. Peut-être que ses souvenirs s'étaient dissipés sous les coups qu'il avait reçus, et qui l'avaient même fait perdre connaissance par deux fois.

Un silence déstabilisant perturbait Daniel. Il sentait que quelque chose allait se produire.

— Il est où, le journal d'aujourd'hui, fiston ?

— Au salon.

Daniel ne prit pas le temps de manger le contenu de son assiette ni de se préparer un café. Il posa la bouteille de whisky sur un meuble, près de la gazinière. Sa seule préoccupation était de feuilleter les pages du journal, à la recherche d'un avis de décès concernant deux personnes, au minimum. Gilles et Fred. Or, celui sur lequel il tomba n'en évoquait qu'un.

Un nouveau cadavre retrouvé près de la Source du Lison.

C'est avec effroi qu'une nouvelle victime a été découverte hier après-midi à la Source du Lison. Alors qu'un groupe de touristes japonais visitait les lieux, ils ont surpris un homme se faisant agresser par une dizaine de serpents près de la cascade. D'après leurs témoignages, il s'agissait de cobras qui s'acharnèrent sur leur proie, avant de prendre le groupe en chasse. Les touristes n'ont pu secourir la victime et n'ont eu d'autre choix que de fuir. Chaque été, des milliers de visiteurs profitent des richesses du coin pour se ressourcer. Les forces de l'ordre appellent une fois de plus les gens à la plus grande vigilance.

C.L

« Caroline Liot ? Elle s'est spécialisée là-dedans, ou quoi ? »

Des années que des gens mouraient sous les crochets redoutables des serpents, une légende campagnarde : il n'en fallait pas plus pour que la psychose s'installât. Daniel se rappelait une conversation entre son père et son oncle, un soir comme les autres, alors qu'il n'avait que huit ans. Il dormait paisiblement. En pleine nuit, il s'était levé pour aller au petit coin et les avait surpris à parler de morts étranges.

En fouillant dans sa mémoire, il se souvint que le début de ces évènements remontait à bien avant sa naissance, avant de s'arrêter brusquement. D'après son père, il y eut une période durant laquelle aucune mort suspecte n'était à déplorer.

Quand Daniel prit place sur une chaise, il saisit automatiquement son téléphone. Entre l'écran et la house de protection, il vit un bout de papier plié en quatre. En le dépliant, il fit la grimace.

Bonjour, Daniel !

Avez-vous bien dormi ? Je vous le souhaite.

Avez-vous fait des cauchemars, ou vous êtes-vous demandé si vous n'aviez pas rêvé ? Je crains hélas que non.

Ceci dit, vous êtes un homme intrigant, que je trouve différent des autres. Mais ne vous réjouissez pas trop vite, je n'en ai pas fini avec vous. Rien ne dit que j'épargnerai votre vie. Mes petits bébés vous auront à l'œil à chaque fois que je le déciderai et aussi longtemps que j'en aurai envie.

Mais pour l'instant, ne vous faites pas de souci : je n'ai aucunement l'intention de vous tuer, ni vous ni vos deux adorables fils.

Continuez à vivre comme si je n'avais jamais existé. Après tout, je ne suis qu'une légende. Nous nous reverrons plus vite que vous ne le croyez.

Je tiens d'ailleurs à vous préciser que j'ai mis une bouteille d'alcool au pied de votre lit. Vous pouvez ainsi faire croire que vous avez eu une soirée un peu agitée.

Avec amour et haine : Ariane et Cassandra.

PS : dans votre intérêt, je vous prie de garder le silence sur la fausse disparition d'Ariane.

— Tu regardes quoi ?

Daniel bondit de sa chaise, aussi rapide qu'un chat, mettant instinctivement le papier dans la poche de son jean. Maël le dévisageait avec un air curieux ; la réaction soudaine de son père ne lui avait pas échappé.

— Oh, rien ! Juste un petit mot... que j'ai retrouvé dans mes affaires. Un mot de ta mère et de sa fine délicatesse quand elle est énervée.

— Je préfère ne rien savoir alors.

Daniel n'eut pas le temps de réagir que son fils venait déjà de tourner les talons. Il était parti aussi vite qu'il était venu.

Il se rappelait avec angoisse qu'Irène devait bientôt arriver. Ça lui était complétement sorti de la tête. Imprévisible comme elle était, elle pouvait débarquer d'une seconde à l'autre. Son téléphone ne contenait ni SMS ni appel de sa part. Elle ne l'avait pas contacté.

« Bizarre. »

Pour l'instant, d'autres préoccupations l'accaparaient mais il en parlerait à sa sœur dès qu'il pourrait. Ou à Léon.

Daniel ferma les yeux et poussa un soupir d'anxiété. Le mot de la Vouivre, ou plutôt Cassandra, lui laissait un sentiment d'inquiétude. Ariane et elle avaient écrit qu'ils allaient se revoir. Mais quand ? Daniel ne savait pas quoi penser tant la situation le dépassait complétement. Même si ce n'était pas le cas à cet instant, il se sentait épié par la Vouivre... Cassandra.

« Est-ce son vrai nom ?

Voilà la question qui trottait dans sa tête. La réponse la plus évidente à ses yeux était *non*.

Daniel vit par la fenêtre du salon Léon et Paul Tillet, le commandant de la gendarmerie.

« Super ! pensait-il. Manquait plus que ça. »

Il alla les rejoindre à contrecœur.

Le commandant était confortablement assis, un capuccino posé devant lui. Léon buvait un décaféiné, une paire de lunette de soleil sur le nez.

— Viens te joindre à nous, Daniel. Dur le sommeil, j'ai l'impression. Tu as dormi où cette nuit ?

— Dans ma chambre. J'ai juste oublié de signaler que je n'allais pas rentrer pour le diner. J'étais en galante compagnie hier, si tu vois ce que je veux dire.

Léon et le commandant dévisageaient Daniel. La situation était gênante, il ne se sentait pas du tout à l'aise. Il remarqua cependant l'attitude du commandant. Il semblait calme et serein. Plus sympathique que lors de leur première rencontre. Daniel se demandait, à l'avenir, s'il n'allait pas lui faire le coup du bon et du méchant flic avec un de ses collègues. C'était dur de savoir.

Était-il un ami très proche de Léon ? Bonne question.

— Qu'est-ce que je te sers ? Capuccino ? Décaféiné ?

Daniel se gratta la tête. Il évitait nerveusement de croiser le regard du commandant. Il ne se voyait pas vraiment lui dire « Au fait, commandant Tillet, j'ai retrouvé cette femme disparue. Vous savez, Ariane. Elle est d'ailleurs la complice

124

de la Vouivre. Cette créature à moitié serpent qui tue depuis toutes ces années ».

— Un espresso avec du sucre, répondit finalement Daniel.

Léon affichait un air étonné.

— T'es malade ?

— Non ! Juste pas réveillé.

— Je vois.

Léon s'engouffra dans la maison, laissant les deux hommes seuls.

Le commandant croisait les bras, Daniel ne savait quoi dire. Il n'arrivait pas à être tout à fait lui-même.

— N'ayez pas peur, je ne vais pas vous manger, dit le commandant.

Daniel prit place à ses côtés. Techniquement parlant, il n'avait rien à se reprocher. Mais en tant que bon citoyen, il pensait qu'il se devait d'avertir qu'Ariane rôdait dans les parages. Le hic, c'était la Vouivre. Daniel était mal réveillé mais restait lucide. De plus, le mot qu'Ariane et elle avaient glissé dans ses affaires le mettait en garde. Et cela voulait tout dire. Des serpents devaient le suivre à la trace, à guetter ses moindres faits et gestes. Nonobstant, il savait que la Vouivre ne pouvait pas le surveiller par elle-même. La maison de sa sœur était trop éloignée de la forêt pour qu'elle eût le courage de venir jusqu'ici en plein jour. Sans oublier Ariane, qui était recherchée.

D'ailleurs, Daniel se demandait où en étaient les recherches. Voilà une bonne raison de parler au commandant, mais d'une manière plus polie, cette fois-ci.

— Je tenais à vous présenter mes excuses, commandant, pour la dernière fois. Je sais que je n'aurai pas dû.

Il en fut surpris. Il but sa tasse et la posa, répondant à Daniel d'une voix neutre :

— Ne vous en faites pas. J'ai déjà vu pire. Mais quand je dis pire, c'est vraiment à un niveau élevé. Maintenant que j'y pense, je me dis que j'aurais dû m'exprimer autrement. Mais oublions ça, d'accord ?

Le commandant lui tendit la main et Daniel la serra avec exaltation.

— Comment dois-je vous appeler ? Entre votre prénom et votre grade, j'hésite beaucoup.

Il souriait : cette question ne lui avait pas été posée depuis longtemps.

— Comme pour Léon ou votre sœur, appelez-moi Paul quand je ne suis pas en service ou quand je suis seul. Sinon, ce sera commandant. Je tiens à signaler aussi que je préfère le vouvoiement au début, peu importe la situation.

— Message reçu !

Léon s'approcha de Daniel avec son café et une tasse remplie de sucre en morceaux.

— Maël vient de partir, le prévint-il.

— Et Steven ?

— Ça fait depuis le début de l'après-midi qu'il est parti, juste après le repas. Maël ne voulait pas s'en aller tout de suite ; il voulait se reposer un peu avant que Léo ne revienne le chercher.

— Très bien.

— Très bien ? Tu ne demandes même pas où ils sont allés ?

— Non, c'est mieux ainsi. Maël aurait l'impression que je l'étouffe à toujours savoir ce qu'ils font, lui et son frère. Ils savent parfaitement qu'il vaut mieux pour eux de ne pas faire de connerie.

Daniel but sa tasse d'une traite et informa Léon et Paul qu'il revenait tout de suite, le temps de se faire un autre café.

Il y avait une part de vérité dans ce qu'il venait de dire.

L'angoisse monta soudainement à sa tête et le gela sur place, sans en comprendre l'origine. Ça s'était déclenché d'un coup, sans prévenir. Était-ce le manque de sommeil ? Ou le café ?

Le sommeil semblait la réponse la plus logique.

Comme si cela ne suffisait pas, sa journée avait commencé avec une remarque de Maël, persuadé pendant une seconde que son père buvait à nouveau. Cette conclusion soudaine de son fils lui rappelait des souvenirs cauchemardesques.

Pendant sa période d'alcoolisme, il s'était senti « *faible* » en permanence. Et ses deux fils n'avaient pas manqué d'employer ce mot contre lui. Cette critique le hantait encore, quand il y repensait. Ses actes sous l'influence de l'alcool ne le blessaient pas autant que cette critique faite par ses propres fils. Un enchaînement de phrases violentes défilait dans sa tête.

« *Tu n'es qu'un alcoolique fini.* »

« *Tu trouves toujours des excuses pour picoler.* »

« *Tu n'es qu'une merde.* »

« *Pour moi, tu n'es plus mon père, tu es une erreur.* »

127

Aïe ! La dernière phrase était sortie droit de la bouche de Maël, qui avait déjà un franc parler à l'époque. Elle représentait, en quelque sorte, le déclic pour Daniel, qui en avait beaucoup pleuré. Voir Daniel dans un tel état était une chose rare. Et comme tout homme qui avait sa fierté, il ne souhaitait plus jamais larmoyer.

Plus jamais.

Ça y était ! La grosse angoisse s'était dissipée… Enfin.

Un soulagement qui redonna des couleurs à son teint.

Il se refit un café, un macchiato cette fois, puis il rejoignit les deux hommes à l'extérieur.

— Daniel, je dois vous avertir de quelque chose, si je ne l'ai pas déjà fait.

— Vous m'intriguez.

— Plutôt deux fois qu'une, je préfère rappeler la présence d'un grand nombre de serpents dans les environs, dont la plupart sont venimeux. Même si nous ne sommes pas en Amérique du sud, en Asie ou je ne sais où, il y a beaucoup de morts. Pour une région française, ces reptiles causent un nombre énorme de décès. Il y aurait même des cobras.

— Merci de m'informer. Mais la presse locale vous a devancé cette fois-ci. Pour être franc, je ne me souviens même plus si vous me l'aviez dit lors de notre première rencontre.

— On n'est jamais trop prudent.

— Mais comment expliquez-vous la prolifération anormale de ces reptiles dans le coin ?

Paul avait répondu des milliers de fois à cette question. Cela avait fini par l'agacer. Ce n'était pas aux forces de l'ordre

— Bon, ce n'est pas tout ça mais je dois y aller ! Le devoir m'appelle.

Paul se leva lentement, en tendant sa tasse à Léon, puis serra la main de Daniel.

— Ravi de vous avoir officiellement rencontré. À cause des circonstances, je pense que nous nous reverrons... et vite.

Daniel fut surpris. Il était si absorbé par ses pensées que sa perception du temps s'en était trouvée altérée. Il croyait que dix minutes s'étaient écoulées depuis que le commandant avait parlé de la fin du monde. Non. Cela avait duré moins d'une minute. Il en fut troublé.

Quand Léon revint, Paul lui serra également la main avant de s'en aller avec sa voiture de fonction.

Daniel suivit le commandant du regard jusqu'à ce qu'il fût hors de vue. Il constata qu'il n'avait même pas parlé de la disparition d'Ariane et des investigations. C'était peut-être mieux ainsi.

« Je pense que nous nous reverrons », avait-il dit. Une phrase qui ressemblait en tout point à celle de la Vouivre.

Une impression bizarre traversa l'esprit de Daniel. Très bizarre.

qu'il fallait poser la question. Mais plutôt aux spécialistes…
qui eux non plus n'avaient aucune réponse.

— En voilà, une bonne question. Très franchement, je
n'en sais rien. Et pour tout vous dire, ce phénomène remonte
à avant ma naissance. Autant dire que ça fait flipper, vu que
personne n'arrive à l'expliquer.

— À part les superstitieux, intervint Léon.

— Ah, oui ! Pas faux ! dit Paul en retenant un fou rire.

Daniel ne se sentait pas trop à l'aise. Il s'estimait en trop
dans la conversation.

— Que voulez-vous dire par « superstitieux » ? demanda-
t-il.

— Il y a plus de dix ans, *via* des articles sur internet, des
gens ont tenté de percer le mystère de la surpopulation de
serpents. Et il y en avait pour tous les goûts. Une sorcière qui
voulait se venger, une personne décédée près de la Loue dont
l'esprit cherchait à tuer ceux qui n'aimaient pas les serpents.
Ou encore la fin du monde.

— La fin du monde, sérieux ?

— Oui, c'est plus que sérieux, Daniel, dit Léon. Dans le
journal, l'article annonçait un signe de Dieu avant la fin du
monde, que le serpent était responsable de tous les malheurs
du monde, puisqu'il avait convaincu Ève de croquer la
pomme dans le jardin d'Eden.

Daniel se mit à rire, manquant de s'étouffer avec la gorgée
de café qu'il venait de boire.

— Une idée qui a dû plaire à toutes les sectes
inimaginables qui existent dans le monde.

Paul, Léon et Daniel se gondolèrent sous le soleil réconfortant qui illuminait la ville d'Ornans. Malgré son air sévère, Paul ne semblait pas si terrible que ça. Léon restait lui-même : il prenait les choses du bon côté ou avec humour tant qu'il n'était pas au travail. Daniel, partagé entre l'inquiétude et le bien-être, sentait poindre une intuition étrange. Il pensait exagérer mais se disait que ça relevait presque du miracle de passer d'une émotion à une autre aussi rapidement. Surtout quand elles étaient opposées : le bien et le mal.

En parlant du mal, il ne savait pas trop pourquoi, mais se demandait quand même si Cassandra, en dépit des centaines de personnes qu'elle avait tuées, avait du bien, en elle. À moins qu'elle ne fût née mauvaise.

Avait-il au moins les idées claires ? Il n'était plus sûr de rien. La fatigue envahissait toujours plus son corps.

Les histoires qui s'étaient colportées jusqu'à lui prêtaient deux noms à la Vouivre : la Tentatrice et la Justicière.

Daniel, quant à lui, ne savait pas comment l'appeler. Ces deux noms lui étaient donnés à travers des histoires, des contes pour enfants. La réalité semblait différente... et lugubre.

« Nous nous reverrons plus vite que vous ne le croyez », avait-elle écrit.

Le petit mot trouvé dans la coque de son téléphone avait été rédigé par la Vouivre et Ariane.

Pourquoi Ariane ? Aucune réponse.

Quand allaient-ils se revoir ? Aucune réponse.

La créature légendaire de la ville avait-elle des idées derrière la tête ? Probablement.

Chapitre 16

Tout le monde était prêt. Toute la famille partait pour le bal de ce soir. Daniel avait pris sa voiture, accompagné de sa sœur le temps du trajet, alors que Léon emmenait toute la bande de jeunes avec lui. Ces derniers mettaient l'ambiance avec leur musique ; Léon ne s'en plaignait pas pour autant. Au contraire, cela le faisait sourire.

« Ah, ces jeunes ! » pensait-il.

Léon montrait le chemin, car Daniel avait beau connaître la ville, il ne mémorisait jamais le nom des rues. Il en avait toujours été ainsi. Il ne connaissait pas beaucoup de villes par cœur en Franche-Comté. Seulement celles où résidaient d'anciens collègues de travail ou des camarades d'école, souvenirs d'une époque où il allait les voir fréquemment pour sortir entre amis – surtout entre hommes –, afin de se changer les idées.

— Je pense que cette soirée va te faire un bien fou, dit Gaëlle. Léon et moi te présenterons quelques amis, mais aussi des collègues. Tout va bien se passer. On sera entre adultes. Nos jeunes resteront entre eux. Le hic, c'est Irène. Si elle se pointe à la soirée et qu'elle est désagréable ne serait-ce qu'une seule fois, elle va souffrir. Enfin…façon de parler. Bref… On va s'amuser, quoi qu'il arrive.

Cet après-midi, après le départ de Paul Tillet, Daniel s'était rassasié et avait bu beaucoup de cafés. Une heure plus tard, il s'était recouché pour recharger ses batteries en vue de la longue soirée à venir. Il voulait profiter un maximum du bal pour s'amuser et se détendre. Quand il s'était levé, à dix-huit heures, sa sœur venait à peine de rentrer. Elle travaillait un samedi sur deux et, en dépit de sa fatigue, elle se sentait d'attaque pour ce soir. Elle avait poussé une gueulante quand elle avait appris qu'Irène allait venir. Léon aussi.

— Je l'espère… Enfin, je veux dire que tout va bien se passer, dit-il sans grande conviction. Je ne parle pas que de nous. Je parle surtout des évènements glauques.

— Daniel ?

— Quoi ?

— Arrête de stresser ! Tu es en instance de divorce, tu retrouves ta ville natale et tu pourras te reposer autant de temps que tu veux avant de te mettre à trouver un emploi. Alors, fais-moi plaisir : respire.

Et Daniel se mit à respirer, calmement, sans avoir de pensée négative. Un sourire apparut sur son visage.

Une fois arrivés, ils se garèrent près de l'entrée de la boite de nuit : le Serpentis. Gaëlle avait expliqué à son frère et ses deux neveux que chaque année, cette discothèque ouvrait exceptionnellement et gratuitement le temps d'un week-end pour le bal annuel alors que des bénévoles assuraient le bon déroulement de la soirée. Le patron de la boite, ses deux DJ, ses serveuses, ses vigiles : ils acceptaient tous de faire ce bénévolat afin de récolter des fonds pour une association différente, tous les ans. Cette année, les fonds iraient à l'Hôpital Saint-Exupéry de Besançon, et serviraient à agrandir les espaces consacrés aux enfants malades. Quand Gaëlle avait annoncé ça à Daniel, il avait répondu « Enfin une bonne nouvelle ! ».

Les quatre jeunes sortirent de la voiture et accélérèrent le pas jusqu'au Serpentis, vite arrêtés par les vigiles qui les passèrent aux détecteurs de métal. Puis ils entrèrent, disparaissant du champ de vision de leurs parents.

Daniel se sentait à l'aise et élégant dans son pantalon noir et sa chemise grise. Léon lui avait prêté des chaussures.

Le champ derrière la boite de nuit était grand, suffisamment pour accueillir entre trois-cents et cinq-cents personnes. Comme à son habitude, Léon se dirigea vers le bar, suivi de près par Daniel et sa sœur. Pour Léon, ça serait une bière. Pour Daniel, un Oasis. Et pour Gaëlle, un kir à la cerise. Au milieu du champ se tenait une plateforme en bois, installée quelques jours plus tôt, avec une scène élevée pour les musiciens.

Présentement, la piste était envahie en grande partie par des personnes âgées dansant au son de l'accordéon. Sur le programme distribué trois semaines auparavant, il était inscrit qu'il y aurait d'autres danses, dont le tango, que Daniel aimait regarder. Une danse très sensuelle qu'il n'avait jamais exercée, par manque de confiance. Plusieurs fois, il avait essayé de se convaincre de s'inscrire dans un club. Il se répétait sans cesse qu'il n'était pas fait pour ça. Paradoxalement, Irène, d'une jalousie maladive, refusait catégoriquement qu'il pratiquât cette activité. Une telle réaction ne l'avait pas aidé à voir les choses autrement et à se lancer dans un nouveau hobby.

Curieux, comme toujours, Daniel constata que la majorité des gens à l'extérieur était des adultes, toutes catégories confondues. Des parents, des célibataires, des couples. Des gendarmes surveillaient les lieux et des infirmiers se trouvaient à proximité, prêts à intervenir en cas de besoin.

Les jeunes, eux, se trouvaient dans la discothèque à danser jusqu'à suer, à draguer en espérant obtenir une aventure d'un soir. Ou à picoler jusqu'à l'ivresse, à provoquer une bagarre et se faire virer par les vigiles.

— Bonsoir Léon, bonsoir Gaëlle ! Comment allez-vous ?

Un homme était venu à leur rencontre, accompagné d'une femme plus grande que lui.

— Bonsoir à vous, répondit Gaëlle. Je vous présente mon frère, Daniel, qui est revenu vivre ici avec ses deux fils.

— Enchanté ! dit l'homme. Je m'appelle Nicolas. Et voici ma femme, Amanda.

Daniel serra la main des deux inconnus, un sourire aux lèvres. Gaëlle leur expliqua les raisons du retour de son frère à Ornans, sans pour autant donner les détails trop personnels.

— Un jour ou l'autre, on revient aux origines, dit Nicolas avec une assurance que Daniel aurait aimé avoir.

Ou plutôt, qu'il aurait aimé retrouver.

Nicolas était un ancien collègue de Gaëlle, qui avait quitté son cabinet de kinésithérapeute trois mois seulement après son arrivée, pour reconversion professionnelle dans la photographie.

Amanda était mère au foyer. Nicolas et elle avaient deux enfants, un garçon de douze ans et une fille de dix ans. Comme la plupart des personnes venues ce soir, les adultes restaient entre eux et les enfants rejoignaient leurs amis, à faire le tour des stands de jeux.

— Le champagne, c'est toujours au même endroit ? interrogea Gaëlle.

— Oui, répondit Amanda. Près du stand qui fait les spécialités franc-comtoises.

— C'était un stand de quoi, l'année dernière ? De jeux de tir ?

— Oui, intervint Nicolas. Avec les jeunes qui s'amusaient au tir et les adultes à côté qui voulaient juste boire tranquille, ça n'allait pas du tout. Mais cette année, c'est parfait. Ils devraient toujours faire comme ça, dorénavant. On a fait le tour mais rapidement, pour jeter un coup d'œil, histoire d'éveiller notre curiosité.

Daniel ne disait rien, il se contentait d'écouter. Ce qu'il maitrisait à la perfection. Il ne se sentait pas mis en retrait. Non, simplement, il ne savait pas trop quoi dire quand il rencontrait des inconnus.

— Maman, ma sœur est chiante. Je vais la frapper si elle continue de me suivre comme un chien.

Nicolas leva sa main, prêt à gifler son fils qui parlait mal de sa sœur. Il s'appelait Antoine, et à son âge, les chamailleries pouvaient mal finir.

— Amandine, laisse ton frère tranquille, et Antoine, arrête de parler de ta sœur de cette manière.

La petite Amandine baissa les yeux et garda le silence face à la voix autoritaire de sa mère. Antoine jubila, mais son sourire disparut vite lorsqu'il sentit son père lui mettre une claque sur le sommet du crâne.

— Voilà ce qu'on va faire : nous, les filles, on va faire un tour et les garçons restent entre eux, d'accord ?

Amandine acquiesça et partit avec sa mère et Gaëlle. Les hommes les regardèrent s'éloigner. Ils partirent au stand de champagne. C'était une soirée comme une autre, avec des jeux, des inconnus et des jeunes qui, tôt ou tard, allaient en venir aux mains et se faire coffrer.

Sur le chemin, Daniel regardait les gens qu'il croisait. Surtout les femmes : son célibat lui permettait en toute tranquillité d'admirer la gent féminine. Et pourquoi pas espérer une aventure, lui qui serinait que le sexe tonifiait les muscles. Daniel bavardait avec les deux hommes. Le jeune Antoine les suivait et restait silencieusement à leurs côtés, à observer les environs tout en évitant de rentrer dans les personnes qui croisaient sa route. Des gens commençaient à se souler, à danser. Des adolescents et de jeunes adultes se mettaient à draguer, des enfants à s'amuser. De quoi donner envie au fils de Nicolas de se divertir autant que les autres.

— Tous les ans, c'est pareil ?

Daniel posa cette question en désignant d'un signe de tête les gendarmes et les services de secours.

— Oui, depuis six ou sept ans, surtout à cause des serpents, dit Nicolas.

— Pendant plusieurs années, il n'y avait eu aucun mort, ajouta Léon. Du jour au lendemain, tout avait recommencé.

Une fois arrivés au stand, Nicolas commanda trois coupes de champagne.

— C'est moi qui paye, précisa-t-il.

Daniel ne dit rien et prit machinalement la flûte qui lui revenait. Ça ne pourrait pas lui faire de mal et ce n'était pas du champagne qui allait le faire rechuter dans l'alcoolisme. Il savait se contrôler et limitait le nombre de verres qu'il buvait, qu'ils fussent forts ou non.

— J'ai une petite mémoire pour me souvenir des noms. Vous vous appelez Daniel, c'est ça ?

Daniel hocha la tête.

— Gaëlle a dit tout à l'heure que vous étiez divorcé. Mais, sans indiscrétion, avez-vous quelqu'un en vue ? Pardonnez-moi, je suis de nature très curieuse.

— Hélas, je crains que non ! dit Léon.

— Tu as toujours cette manie de répondre à la place des autres, nota Daniel.

— La faute à mon boulot. Dès qu'un client me pose une question, je réponds immédiatement. C'est instinctif.

— Qu'est-ce que vous racontez ? Daniel est avec moi depuis peu.

Une femme vint se joindre à eux, saisit le bras de Daniel... et l'embrassa. Sans s'en rendre compte, il ferma les yeux avant de les rouvrir brutalement, se rappelant que non, il n'avait pas de petite amie. Étrangement, il analysa cette personne qui venait de l'embrasser et se pétrifia alors que la femme esquissait un rictus. Horrifié, il se souvint de la personne à qui cette voix douce appartenait, parce qu'il l'avait déjà entendue auparavant et qu'elle s'était permis de goûter à ses lèvres.

C'était la Vouivre.

Chapitre 17

Daniel se sentait tiraillé entre incompréhension, colère, doute et défiance. Il devait reconnaître que la Vouivre était une créature d'une beauté éblouissante. Sa chevelure bouclée et douce retombait dans son dos, ses yeux verts l'hypnotisaient. Sa tenue – un pantalon noir et une chemise rouge – lui allait à merveille.

Elle le fascinait.

Arrivée par surprise, elle avait embrassé Daniel, qui s'était laissé aller, avant de déclarer être sa petite amie, le tout en lui souriant.

— Veuillez m'excuser, vous êtes ? demanda Léon, visiblement surpris.

— Cassandra, sa petite amie comme vous venez de le constater. Daniel voulait très certainement vous faire part de notre relation ce soir, à mon arrivée. (Elle se tourna vers Daniel.) Oh, chéri, je te prie de m'excuser. Mon train était en retard et j'ai perdu mon téléphone. Je n'ai donc pas pu te prévenir de mon arrivée. J'ai pris un taxi pour te rejoindre.

Léon semblait stupéfait. Daniel n'osait pas regarder ses deux acolytes. Il préférait se concentrer sur la Vouivre. Il savait que ses yeux le trahiraient s'il regardait Léon. La Vouivre avait dit qu'ils se retrouveraient bientôt ; elle avait tenu parole. Une petite visite surprise de la légende d'Ornans était la dernière chose que Daniel souhaitait.

Elle saisit son bras comme le faisaient les femmes avec leur partenaire, histoire de montrer qu'il était désormais sa propriété privée.

— Excusez-moi… Monsieur ?

Une autre femme, en compagnie d'un enfant, vint à la rencontre du petit groupe.

Daniel reconnut très vite l'enfant : il s'agissait de Tony, le jeune garçon retrouvé par ses fils quelques jours plus tôt.

— C'est donc vous qui avez secouru mon garçon ? Je vous en suis infiniment reconnaissante.

Par reflexe, Daniel tendit sa main pour la saluer. La maman semblait ravie. Tony serra aussi la main de Daniel. Le jeune garçon sourit jusqu'à ce qu'il croisât le regard de la Vouivre. Ses yeux s'écarquillèrent et ses mains tremblèrent. La Vouivre lui fit signe de l'index de se taire. Une boule d'angoisse se noua dans la gorge de Tony. Il voulait crier avec toute la puissance de ses cordes vocales que l'assassin de son grand-père de cœur se tenait là, juste devant lui. Mais il n'en fit rien ; il savait qu'il signerait son arrêt de mort s'il ouvrait la bouche.

Daniel saisit l'épaule de la Vouivre et la força à le regarder. Il fit non de la tête pour lui faire comprendre de ne rien faire de mal.

— Mais c'est normal, Madame ! J'ai fait ce qu'il fallait. Prenez soin de votre fils.

Tony commençait à se sentir mal. Il tint la main de sa mère et l'agita dans tous les sens.

— Maman ! j'ai faim et j'ai soif.

La mère du garçon leur jeta un regard embarrassé.

— Je suis sincèrement navrée, mais je dois partir.

— Je comprends tout à fait ! dit Daniel.

Tony et sa mère saluèrent le groupe et s'éloignèrent. La Vouivre prit la parole.

— Chéri, je suis un peu fatiguée. Si on allait faire un tour, juste toi et moi ?

Elle se tourna vers Léon et Nicolas.

— En espérant que cela ne vous dérange pas, messieurs.

— Pas du tout, au contraire, répondit Nicolas en secouant la tête avec un air interrogateur. Profitez de vos retrouvailles.

— Je vous remercie. Daniel va avoir l'occasion de me parler des lieux et de sa famille. Bonne soirée, messieurs.

La Vouivre entraîna Daniel avec elle, à l'écart des autres. S'il était calme, c'était uniquement parce qu'il flottait entre rêve et réalité. Elle l'avait touché et embrassé.

Autour d'eux, la foule vivante et joyeuse s'amusait. La Vouivre s'était fondue dans la masse et Daniel se sentait comme vidé de l'intérieur, presque comme un intrus à cette fête. Il ne gardait que de vagues souvenirs de cette ville alors que la Vouivre était chez elle, sur son territoire, son terrain de jeu. Daniel ne connaissait pas encore vraiment les règles. Avec une créature sortie tout droit d'un film d'horreur, on ne pouvait que craindre le pire si on les bafouait.

Elle continua à entraîner Daniel, à l'opposé du bal, loin des siens. Sa main agrippait toujours son bras. Daniel gardait les siennes dans les poches et masquait son angoisse. Du bout des doigts, elle effleura sensuellement le visage de Daniel, qui frissonna.

— Que me vaut l'honneur de ta visite… Cassandra ?

Elle jubilait.

— Ouah ! c'est si gentiment demandé. Surtout de la part d'un homme. Continue de m'appeler par mon prénom. Ça changera un peu.

— Arrête de tuer, sors plus souvent de ton trou, et peut-être que des hommes s'intéresseront à toi, hasarda-t-il.

Daniel regrettait déjà ce qu'il venait de dire. Il se disait que sa – soi-disant – petite amie allait mal le prendre et l'emmener de nouveau au milieu des bois. Mais il n'en fut rien.

— Ce n'est pas si simple… pour plusieurs raisons. Primo, rares sont les hommes qui arrivent à rester fidèles sans faire preuve de jalousie. Deuzio, je ne peux pas me montrer en plein jour. Tertio, je peux être impulsive et ça finit mal dans ces cas-là.

— Te montrer en plein jour, c'est-à-dire ?

Cassandra lâcha le bras de Daniel pour se mettre face à lui, l'obligeant à la regarder dans les yeux.

— Et si on allait droit au but, Daniel ? Pose-moi les vraies questions qui hantent ton esprit fragile.

Il ne savait pas quoi dire. Il reconnut qu'avec toutes les épreuves qu'il avait traversées, il était devenu faible mentalement. Cassandra l'avait très bien senti. Ce qui le laissait perplexe, c'était le fait qu'elle semblait deviner ce qu'il ressentait. Comme si son esprit était un livre et qu'elle prenait plaisir à le lire.

Daniel regarda autour de lui, s'assurant qu'aucune personne qu'il connaissait ne surprît leur conversation.

— D'où viens-tu ?

144

— Cette question n'est pas mauvaise mais je n'y répondrai pas… Pour l'instant.

« Mauvaise ? Que veut-elle dire par là ? Faut que je reste prudent. »

— Qu'est-ce que tu me veux ? Tu as l'intention de me tuer ?

Elle souriait… Cette étrange créature souriait. Sa main toucha celle de Daniel, remonta le long du bras jusqu'à son cœur, puis effleura son visage. Elle fixait intensément son regard. Étrangement, Daniel ne ressentait pas de la peur mais plutôt une impression de bien-être, de sécurité, qui lui mit un doute : était-il lui-même à l'heure actuelle ? Ou était-ce Cassandra qui jouait avec lui et parvenait à guider ses pensées, ses envies et ses émotions ?

— Ce que je te veux ? C'est une bonne question. Si je veux te tuer ? Non, ce n'est pas dans mes projets.

— Pour l'instant, n'est-ce pas ?

Cassandra mit sa main devant sa bouche pour cacher son envie de rire.

— Je te prie de ne pas m'en vouloir. Cela fait tellement longtemps qu'un homme ne m'a pas fait rigoler. Merci beaucoup pour ces quelques petites secondes d'amusement. Je ne te tuerai que si tu enfreins mes règles.

— Et quelles sont-elles ?

— Si tu veux le savoir, il va falloir me suivre dans les bois. Tu comprendras mieux si tu m'accompagnes. Nous ferons mieux connaissance, qu'en dis-tu ?

Faire connaissance ne plaisait pas trop à Daniel. Cassandra lui avait affirmé qu'elle ne le tuerait pas. *Pour l'instant.* Il hésita longuement.

— J'accepte ta proposition.

Cassandra lui saisit les mains telle une amante éprise.

— Ferme les yeux ! lui ordonna-t-elle.

Il obtempéra, sentit une chair chaude et humide se frotter contre sa bouche, puis une rangée de dents saisir sa lèvre inférieure. Quand il rouvrit les yeux, le nez de Cassandra frôlait le sien. Ses yeux verts firent battre son cœur à pleine vitesse sans qu'il pût comprendre s'il s'agissait de la peur… ou de la passion.

De la passion ? Pour une meurtrière ? Non, jamais. Une relation passionnelle avec Cassandra ne pouvait s'envisager.

— Encore un baiser, mais pourquoi ? Tu te fais passer pour ma copine, mais n'abuse pas pour autant. D'ailleurs, qu'est-ce que je vais bien pouvoir dire aux membres de ma famille ? Ils voudront des explications. Surtout que mes fils risquent de ne pas être enchantés de voir arriver une fausse belle-mère.

— Tu trouveras bien une excuse, sers-toi de ton imagination. Et je t'ai embrassé pour que tes garçons constatent l'existence de ta nouvelle femme.

Cassandra fit un signe de tête à Daniel, qui comprit que ses fils, ainsi que Léo et Lucie, venaient d'assister à la scène. Steven et Maël semblaient comme impuissants en ayant vu leur père embrasser une femme qu'ils ne connaissaient pas. Léo ouvrait de gros yeux ébahis, Lucie lui fit un clin d'œil et leva son pouce en l'air, l'air de dire « Bien joué, tonton. »

Cassandra inspecta les alentours. Ses yeux se portèrent d'abord sur la foule, ensuite sur les infirmiers, puis sur les forces de l'ordre dispersées un peu partout.

— Avec tous ces gens, ça va être compliqué de rentrer dans la forêt sans éveiller la curiosité des plus soupçonneux. Mais j'ai une idée : embrasse-moi ! Et ne pose pas de question.

Daniel n'eut pas le temps de protester. Cassandra enroula ses deux bras autour de son cou, en l'embrassant langoureusement. Daniel posa machinalement ses mains sur sa taille et en fut lui-même surpris.

Soudainement, des cris se firent entendre au loin, près du Serpentis. Daniel regarda dans cette direction mais Cassandra lui saisit le visage et l'embrassa encore. Quand elle le lâcha, ils ouvrirent leurs yeux simultanément. Ceux de Cassandra brillaient d'un vert éclatant. Daniel comprit qu'elle venait de donner un ordre à ses serpents.

— Ne te fais pas de souci. Mes serpents font diversion pour attirer l'attention de la foule, histoire qu'on puisse se volatiliser sans craindre d'être vus.

Les invités du bal ne réagirent pas toutes de la même manière. Ceux qui étaient près de la discothèque tentaient de fuir les serpents en hurlant. Les autres voulurent au contraire savoir ce qui se passait alors même que les gendarmes leur faisaient barrage. Ce fut à ce moment précis que Daniel et Cassandra se replièrent dans les bois.

— Enfin libre ! Ce n'est pas évident de porter des godasses quand on n'a plus l'habitude.

Elle posa ses chaussures au pied d'un arbre et sortit une lampe torche, qu'elle tendit à Daniel.

— Ne l'allume pas tout de suite ; la lumière pourrait attirer du monde. Donne-moi la main : je vais te guider assez loin avant que tu puisses l'utiliser.

— Comment fais-tu pour te repérer dans le noir ?

— Je suis une femme à moitié serpent, ce qui veut dire que je possède quelques-unes de leurs capacités, dont la vision thermique. Je vois tout ce qui émet de la chaleur.

— Comment différencies-tu tout ça à la fois ?

— Les êtres vivants sont principalement rouges, quelquefois jaunes, voire verts. Plus une zone de leur corps est chaude et plus cette partie deviendra rouge. En ce qui te concerne, tu es quasiment rouge. Ça doit être le stress, la peur… ou le fait que je t'ai embrassé.

Daniel garda le silence mais reconnut qu'elle n'avait pas tort : cet enchainement de baisers avait accéléré son rythme cardiaque. Il ressentait du stress aussi. Cassandra mijotait quelque chose, il en était sûr, vu qu'elle l'emmenait en pleine nuit dans la forêt.

— C'est bon, allume ta lampe.

Ils s'enfoncèrent davantage dans les bois, sur plusieurs centaines de mètres. Ariane les attendait, munie elle aussi d'une lampe, dont le faisceau éclairait une scène angoissante. Quatre personnes se trouvaient ligotées, chacune à un arbre, jambes et bras attachés solidement par des foulards, les yeux bandés et la bouche scotchée.

— C'est quoi, ce bordel ?

— Je réponds simplement à ta question, Daniel. Tu voulais savoir ce qui se passe quand un inconscient transgresse mes règles ? Tu vas le savoir tout de suite.

Le ton employé par Cassandra donna des sueurs froides à Daniel. Ariane ne disait rien, se contentant de regarder et d'écouter.

— Le plus drôle, c'est que ces quatre personnes trouvaient cool l'idée que je puisse vraiment exister. Malheureusement pour eux, je suis réelle. Heureusement pour moi, les hommes ne croient pas en mon existence, ce qui me permet d'observer et d'agir en toute tranquillité.

Cassandra fit un signe de tête à Ariane. Celle-ci prit la parole.

— Bonsoir à tous, chers inconnus. Vous êtes ici car vous avez enfreint les règles. Et quand on les enfreint, c'est la mort qui vous attend. Je vais vous enlever à chacun votre bandeau et le scotch qui vous empêche de hurler. Tentez, ne serait-ce qu'une seule fois, d'appeler à l'aide, et je vous égorge sur-le-champ.

Daniel sentit son cœur battre de plus en plus vite. Quand Ariane avait commencé son discours, sur un ton sans pitié, elle avait dissipé le doute planant sur ce qui allait se passer : une exécution.

Devant lui, une femme et trois hommes. La femme semblait la plus âgée parmi les quatre prisonniers, même si, avec un bandeau sur les yeux, il était difficile d'en être sûr. De leur position, ils pouvaient se regarder les uns les autres. Cassandra fit un nouveau signe et Ariane sortit un téléphone de sa poche. Daniel remarqua seulement à présent qu'elle avait des gants en cuir. Elle en enleva un pour tapoter sur le portable.

— Le premier SMS a été envoyé ?

Ariane acquiesça.

Cassandra se dirigea vers l'homme sur la gauche de Daniel.

— Qui es-tu ?

— Je ne comprends pas, dit l'homme.

— Tu ne comprends pas une simple question ? J'hallucine. Ariane, donne-moi le joujou.

Ariane lui tendit un couteau de chasse.

— Je repose ma question : qui es-tu ?

Cassandra plaça le couteau sous la gorge de l'homme, qui redressa la tête.

— Je m'appelle Pierre, j'ai vingt-neuf ans… et je suis boucher.

— Et tu sais pourquoi tu es parmi nous, ce soir ?

— Non.

— Tu ne vas pas tarder à le comprendre.

Cassandra se dirigea vers la cible suivante, le deuxième homme, en pointant le couteau dans sa direction.

— À ton tour de te présenter.

— Je n'ai pas de travail… j'ai vingt-cinq ans… et je m'appelle Anthony.

— Bienvenue parmi nous, Anthony. Profite de respirer pendant que t'en as l'occasion.

Cassandra s'approcha la troisième personne, la seule femme du groupe. Elle lui sourit sournoisement. Son visage s'approcha du sien.

La femme pleurait à chaudes larmes et se sentait perdue. Elle ne comprenait pas la raison de sa présence en pleine forêt. Ni pourquoi elle était attachée, encore moins ce qui allait se passer, alors que Cassandra et Ariane lui riaient au nez. Le malaise s'installait dans le cœur de chacun des prisonniers.

— Alors, petite traînée ! Dis-nous un peu qui tu es.

— Natasha, j'ai deux enfants, je suis mariée.

— Et crois-tu que le fait d'être mariée, ou d'avoir des gosses, te sauvera la vie ?

— Je l'espère.

Cassandra partit dans un fou rire à s'en faire mal au ventre. Ariane esquissait un rictus. Daniel tremblait. Plus les minutes avançaient et plus Cassandra dévoilait le mal qui l'habitait. Il craignait le pire pour tous ces gens. Cassandra lui avait confirmé qu'il allait avoir la réponse à sa question.

La mort.

Mais de quelle manière ?

Cassandra se dirigea vers le dernier prisonnier.

— À toi maintenant.

Mais l'homme ne lui répondit pas. Il se contenta de balancer un sincère « Allez tous vous faire mettre ! »

— Un petit rebelle ! Puisque tu ne veux pas le faire, je vais te faire cet honneur.

Cassandra saisit sa tête et la tira en arrière.

— Cet homme s'appelle Jules. Il aura trente ans d'ici quelques mois, il est divorcé et n'a aucun enfant. Il a commis un viol. (Elle se tourna vers Jules.) Dis-nous la raison de ton crime.

— Ce n'était pas un viol, fulmina-t-il.

Ariane s'approcha furtivement de l'homme et lui assena un violent coup de poing dans la mâchoire. Daniel avait presque oublié sa présence. Elle était tentée de recommencer mais Cassandra la retint, lui intimant l'ordre de se calmer.

— Tu as forcé ton ex-femme à avoir un rapport sexuel.

— Non, ce n'est pas vrai ! s'emporta-t-il. À ce moment-là, c'était ma femme et j'avais le droit de lui faire l'amour comme bon me semblait.

Après qu'il eut prononcé ces paroles, Cassandra fit volte-face, révélant ainsi la colère qui la submergeait. En quelques pas, elle se retrouva face à lui, saisit violemment sa gorge et serra de plus en plus fort.

— Non, c'est faux ! fulmina Cassandra.

Daniel recula et Ariane en fit autant.

— À partir du moment où une personne n'est pas consentante, j'appelle ça un viol. Mais ne te fais pas d'illusion. Avec moi, justice sera faite. Ton ex-femme n'a pas porté plainte par peur de représailles, donc tu n'as pas été puni. Mais avec moi, tu le seras. Et tu vas être le premier, parmi vous quatre, à mourir.

Cassandra se recula, souriante, le regard intransigeant sur sa première victime de la nuit. Ses yeux brillèrent. Elle donnait un ordre.

L'ordre d'exécution.

— Kaaliyah, ma belle, viens voir maman !

Derrière Cassandra, une ribambelle de craquements lourds se fit entendre. Daniel dirigea sa lampe en direction du bruit et vit un serpent. Le reptile passa entre les jambes d'Ariane avant de redresser sa tête jusqu'au bassin de Cassandra, qui le caressa. Sa taille ne laissait aucun doute possible quant à son espèce : un anaconda. D'un geste de la main, elle lui donna l'ordre de tuer Jules. Celui-ci commença à hurler mais la rapidité du serpent le fit taire en une fraction de seconde. Son corps s'enroula autour du cou de sa victime.

Les trois autres captifs s'époumonèrent. Cassandra et Ariane mirent une main sur leurs bouches.

— Daniel, empêche l'autre con de gueuler. Tout de suite.

Sous l'effet de la peur, et dans la crainte d'être tué, il était parvenu à obéir à l'ordre de Cassandra.

Le visage de Jules vira au rouge, puis au bleu. Daniel n'arrivait pas à détourner son regard de la scène macabre tant celle-ci paraissait surréaliste. Jules, d'un regard, supplia Daniel de l'aider. Mais ce dernier était paralysé. Puis Jules rendit son dernier soupir. Le serpent relâcha son étreinte mortelle.

— C'est bien, ma belle ! Mais tu n'as pas fini ton travail ce soir. Alors, qui vas-tu achever maintenant ? J'hésite beaucoup.

— Cassandra, s'il te plait, arrête ça tout de suite, protesta Daniel.

— Non, je ferai ce qui doit être fait. Ce n'est que justice.

— Et si tu leur pardonnais ? Et si tu leur laissais une autre chance ?

— La vie leur a offert plusieurs chances, comme à beaucoup d'êtres humains.

— Mais…

Cassandra leva la main d'un geste prompt et il se tut immédiatement, conscient que la provoquer ou la contredire n'était pas la chose à faire.

— Ah, je sais ! Kaaliyah, choisis ta dernière proie parmi les deux hommes.

Daniel était éberlué. Cassandra laissa à son anaconda le choix de sa prochaine victime. Mais un autre détail le perturbait encore plus : elle lui laissait le choix entre les deux hommes. Que comptait-elle faire de la femme ?

Kaaliyah tourna une fois autour de Pierre, puis d'Anthony, avant de prendre place au côté de Cassandra. Finalement, son choix se porta sur Pierre.

Ariane ôta sa main et recula, laissant la place nécessaire au prédateur pour étouffer sa proie.

— Voilà la raison de ta mise à mort, Pierre. Tu as harcelé une pauvre fille pour obtenir son numéro de téléphone et sortir avec elle. Face à son refus, qu'est-ce que tu as fait ? Tu l'as prise en photo à son insu, entièrement nue, et tu les as mises sur internet, brisant ainsi l'intimité de cette fille. Maintenant, il est l'heure de payer. Et c'est mon cher anaconda qui va s'occuper de toi.

Ce fut comme pour Jules. Une attaque rapide et sans pitié. L'étouffement.

— Parfait, Kaaliyah. Tu peux partir.

L'anaconda disparut dans les ténèbres.

Les mains de Daniel tremblaient de manière incontrôlable. Lui qui maitrisait d'habitude son corps, ce soir, il avait du mal.

— Ce n'est pas tout, les amis, mais il y a un bal qui nous attend, moi et mon... mari.

Daniel se sentit offusqué par le terme employé par Cassandra. « *Mon mari* », avait-elle dit. Jouer avec elle était dangereux. Mais elle, elle aimait jouer avec tout le monde, visiblement. Il faisait face à un être qui le désorientait complétement.

— Regarde-moi, mon amour ! Même sans mes serpents, je reste très dangereuse. Le spectacle se termine bientôt, les rideaux vont se fermer.

Ariane l'interpella.

— J'envoie le deuxième SMS ?

— Oui.

Cassandra se concentra. Ses jambes se métamorphosèrent en une longue queue de serpent, laissant ses deux dernières proies sans voix, avec frayeur et angoisse. Ils pensaient nager en plein cauchemar depuis le début mais non, ils étaient bel et bien dans le monde réel. La vérité fut sur eux : ils allaient mourir. L'affolement et la terreur s'emparaient d'eux, entrainant des larmes de peur. Celle de la mort.

— Comme je suis pressée, je vais faire vite. Toi, Anthony, voilà ce que je te reproche : tu trompais sans arrêt ta petite copine et tu la frappais, persuadé qu'elle voulait te quitter. Toi, Natasha, tu négligeais la santé de tes enfants et sans que ton mari le sache, tu abusais d'eux sexuellement.

Les yeux ébahis de Natasha et d'Anthony prouvaient leur culpabilité face aux faits qui leur étaient reprochés.

Cassandra dévoila une capacité effrayante à ses victimes, mais aussi à Daniel. Elle se déplaçait à une telle vitesse qu'aucun doute ne subsistait : la fuir à pied ou à vélo était impossible.

Puis Cassandra lança son attaque, simple mais redoutable. Elle planta ses dents dans la peau de ses victimes : Anthony, au niveau des avant-bras et Natasha, à la base du cou. Plus les secondes passaient et plus leurs corps étaient secoués par des spasmes violents. Jusqu'à ce que mort s'en suivît.

Quand le spectacle s'acheva, Cassandra retrouva la forme de ses jambes.

— Enfin terminé ! déclara-t-elle. Ariane, pendant que j'installe le corps de Jules, envoie le dernier SMS.

— Comment ça, installer le corps de Jules ? s'interposa Daniel.

— J'orchestre une petite mise en scène, on va dire.

Elle prit le cadavre et l'allongea à même le sol. En prenant le téléphone qu'Ariane avait utilisé pour envoyer les trois SMS, elle eut un sourire. Elle le mit dans l'une des poches de Jules... et sortit un sachet transparent. Il contenait une poudre blanche.

— En plus d'être bourré, ce violeur détenait de la cocaïne sur lui. Parfait.

Elle perça le sachet, en déposa une pincée sur le corps, puis le plaça dans sa main.

— Il est temps de retourner à la fête, Daniel. Mais pas longtemps, juste le temps de boire un verre. Ariane, tu vas faire un petit bout de chemin avec nous. Ensuite, tu m'attendras. Je ne serai pas longue. Nous rentrerons après.

Ariane hocha la tête.

Ils partirent tous les trois. Daniel, choqué par ce qu'il venait de voir, ne pouvait se résoudre à aller voir les gendarmes et tout balancer. Le surnaturel venait de s'immiscer dans sa vie et il ne savait pas comment réagir.

Pendant le trajet, Daniel posa une question qui trottait dans sa tête depuis un moment.

— Cassandra, vous vous êtes rencontrées comment, Ariane et toi ?

— Je vais laisser Ariane te raconter. C'est son histoire à elle.

Ariane prit place à la gauche de Daniel. Entre les deux femmes, il se sentait à la fois pas rassuré et protégé. C'était une sensation paradoxale.

— Ma première rencontre avec Cassandra s'est passée avant même que je ne m'enfuie du domicile conjugal. Mais ça devient intéressant à compter du jour où je suis partie.

Courir vers les forces de l'ordre, c'était ce que voulait faire Daniel ; se faire rattraper par Cassandra et mourir brutalement par son poison ou par son anaconda, c'était ce qui l'attendait à la moindre erreur. Les deux femmes ressentaient sa nervosité, alors Ariane commença son récit pour satisfaire sa curiosité et lui faire penser à autre chose. Daniel avait hâte de connaître les raisons d'une amitié entre une humaine et une créature mythique.

D'une oreille attentive, il écouta l'histoire.

Chapitre 18

Le jour J arriva ; Ariane attendait avec impatience la venue de la Vouivre. Il était plus de vingt-deux heures, et Ariane patientait au Belvédère de la Roche des Pins. Après sa première visite, la Vouivre avait rencontré Ariane une deuxième fois. Leur conversation fut différente. La Vouivre lui expliqua qu'elle n'était pas la seule à souffrir autant de violences conjugales et qu'elle avait déjà libéré d'autres femmes de leurs dangereux maris.

Cette nuit, elle serait libérée. Une bonne fois pour toute.

L'atmosphère était calme et douce. Le point de vue du Belvédère dévoilait la ville d'Ornans éclairée par les lampadaires. Ariane ne trouvait pas cette vue magnifique la nuit. Le jour était bien mieux et plus approprié pour admirer le paysage.

Assise sur un banc en bois, Ariane dévorait une troisième part de pizza prise dans son frigo. Elle retrouvait déjà l'appétit. Un changement de vie radical lui tendait les bras.

— Tu es prête ?

Ariane ne sursauta même pas. Elle se leva hâtivement et alla rejoindre la Vouivre, placée derrière elle.

Cette fois-ci, elle n'était pas totalement nue mais portait une simple jupe.

— Oui, je le suis.

— Parfait, alors allons-y.

Elles se mirent en chemin. Ariane, sur les conseils de la Vouivre, avait pris une lampe. Elle l'alluma et, ensemble, elles s'enfoncèrent dans l'obscurité.

Lors de sa dernière visite, la Vouivre avait fait allusion à ce qui attendait Ariane. Cette nuit, elle devrait franchir trois étapes pour se délivrer de sa phobie des serpents et de l'emprise psychologique de son mari. Ces étapes se dérouleraient à divers lieux de la forêt spécifiquement choisis par la Vouivre. Si Ariane les réussissait, elle serait libérée. Les serpents ne lui feraient plus peur, et son mari ne la possèderait plus jamais comme il l'avait fait. Tout ce qu'elle devait faire, c'était se battre. La persévérance, la volonté et la détermination seraient les atouts indispensables pour réussir.

Trois minutes plus tard, elles arrivèrent dans un endroit où un feu apportait chaleur et lumière.

— Nous y voilà ! déclara la Vouivre. Assieds-toi en tailleur près du feu.

Ariane s'exécuta. La Vouivre prit la même posture en face d'elle. Le cœur d'Ariane s'emballait. La nervosité et la joie d'une nouvelle vie l'enthousiasmaient.

— Première étape : les serpents. Pourquoi as-tu peur d'eux ?

Ariane sentit une boule d'angoisse traverser sa gorge. Pour accéder à la deuxième étape, il fallait impérativement réussir la première. Sa réponse devait être sincère si Ariane voulait vaincre sa peur. Mais cela serait-il suffisant ? La Vouivre lui avait promis que sa peur deviendrait sa force.

— Pour être franche… je ne sais pas trop. En fait, c'est leur façon d'être qui me fait peur. Cette manière qu'ils ont de se déplacer, de chasser... de manger. Il y a aussi leurs yeux. Et leur peau que je trouve étrange. C'est une peur que je n'ai jamais su expliquer.

La Vouivre fixait Ariane et restait aussi immobile que ses protégés savaient l'être. Elle ferma les yeux et prit la parole :

— Je vois ! Pourtant, tu n'en jamais porté sur toi. Tu n'as jamais cherché à les connaître. Je dois avouer que je trouve cela fascinant que les gens aient peur sans même avoir touché la bête en question. C'est comme pour les araignées. Nous vivons dans une drôle d'époque.

Ses yeux s'ouvrirent, devinrent verts. Fascinée et perturbée, Ariane plongea son regard dans le sien. C'était comme si elle découvrait un nouveau monde. Un monde où la justice régnait.

« Qu'est-ce qui se passe ? C'est quoi ces yeux ? »

— N'aie pas peur, la rassura la Vouivre. La première étape arrive. Voilà comment nous allons procéder : je vais appeler divers serpents, ils viendront un à un sur moi, puis ensuite ils viendront sur toi. Le but, comme tu peux t'en douter, c'est d'affronter ta peur et d'apprendre à connaître ces reptiles.

Un premier serpent arriva et monta sur les cuisses de la Vouivre. Elle le saisit et le montra à Ariane. Ensuite le deuxième, puis le troisième. Ariane ressentit une angoisse. Elle se sentit bloquée et pleura sans qu'aucun son ne parvînt à sortir de sa bouche.

Les trois reptiles s'approchèrent d'elle tout doucement, grimpèrent sur ses jambes et s'immobilisèrent.

— Sur toi, il y a la coronelle lisse, la couleuvre d'esculape et la couleuvre à collier. Ce sont des serpents que l'on retrouve dans toute la région. Ils ne sont ni agressifs ni venimeux.

La Vouivre restait parfaitement immobile. Elle s'exprimait avec un calme troublant.

— Maintenant, caresse mes bébés. Et prends-en un dans tes mains. Aie confiance.

Cet étrange rite qu'elle faisait subir à Ariane n'avait rien de facile. Vaincre ses peurs ne l'était jamais. C'était difficile, mais pas impossible.

À gestes lents et craintifs, sa main gauche caressa successivement les serpents. De sa main droite, elle saisit l'un d'eux, puis le relâcha au bout de trois secondes. Ariane était si concentrée sur son objectif qu'elle oublia temporairement sa peur.

« Et si c'était un signe ? Et si je devenais enfin une nouvelle personne ? »

Les trois serpents partirent. Deux autres arrivèrent.

— Passons à la vitesse supérieure. Voici la vipère péliade et la vipère aspic. Celles-ci sont venimeuses. Prends-les toutes les deux.

Les larmes d'Ariane séchèrent, sa peur se transforma en une chose dont le nom lui échappait. Elle ne savait pas si elle pouvait vaincre ses peurs aussi facilement.

— Es-tu la vraie Vouivre ? Celle dont on parle dans les livres ?

— Oui… Mais je suis très différente de ces fameuses histoires.

— Raconte-moi. Je veux savoir.

— Pas maintenant. Tu dois encore faire face à un serpent. L'un des plus dangereux au monde.

Ses yeux redevinrent brillants. Le dernier reptile qu'Ariane devait affronter s'approcha d'elle. Il redressa sa tête et déploya sa coiffe : un cobra.

— Approche ton visage près de sa tête. Laisse sa langue bifide toucher ton visage.

Ariane obéit mais sursauta en entendant la respiration bruyante du cobra. Elle ferma les yeux et approcha lentement son visage. La langue du serpent chatouillait son nez. Elle prit son courage à deux mains et ouvrit les yeux. Le serpent ne bronchait pas d'un poil et la fixait. Elle était très intimidée. Puis, à sa grande surprise, le serpent partit. Elle pensait que l'épreuve durerait plus longtemps, qu'il y aurait plus de serpents. Le temps semblait s'être arrêté.

— Alors ? Comment te sens-tu ?

— Bizarre, répondit Ariane. Comment c'est possible de ne plus avoir autant peur des serpents en quelques secondes ? Est-ce que tu y es pour quelque chose ?

La Vouivre sourit et se leva. Ariane fit de même en la voyant venir vers elle.

— Effectivement. Avec moi, les gens peuvent vite vaincre leur phobie des serpents. Ou, au contraire, ils peuvent les craindre. Par le passé, j'ai déjà réussi à effrayer un homme qui aimait les serpents. Du jour au lendemain, il avait développé la phobie de ces reptiles. Avec une personne humaine, tu n'aurais jamais pu vaincre ta peur aussi aisément.

— Humaine ? C'est-à-dire ?

— Tu as réussi la première étape. Passons à la deuxième. Pendant le trajet, je vais te raconter certaines choses en ce qui me concerne.

Avec une bouteille qu'elle avait pris soin de déposer au pied d'un arbre, la Vouivre éteignit le feu. Ariane ralluma sa lampe et la suivit.

— Je t'écoute ! s'impatienta Ariane.

— Je ne suis pas totalement humaine. Je peux parler et donner des ordres aux serpents. Tous m'obéissent, sans exception. Dans les histoires, on m'appelle la Tentatrice, la Séductrice, la Justicière ou même la Dévoreuse d'Hommes. Il y a une part de vérité : je suis une Justicière. Je punis les humains qui ne respectent pas mes règles et qui ont l'audace de venir sur mon territoire. Mais je suis appelée Tentatrice ou Séductrice parce que les histoires racontent que j'attire les hommes avec mon Escarboucle, dans le seul but de les tuer. Ce qui est totalement faux.

Le récit impressionna et captiva Ariane. Elle voulait en savoir plus, comme un enfant qui voulait connaître la fin de l'histoire.

— Continue, supplia-t-elle.

La Vouivre jubilait.

— Je ne vais pas tout te dire maintenant. Il faudra que tu sois patiente. La confiance, ça se mérite. Je t'ai sortie des griffes de ton mari. À toi de me prouver que je n'ai pas eu tort de t'aider.

— Comment ?

— Tu sauras lors de la troisième étape. Ça y est. Nous y sommes.

Plus loin, un autre feu les attendait. Cette fois-ci, pas de serpent. Mais un homme ligoté à un arbre, qui se dandinait pour tenter de défaire ses liens.

— Mon Dieu ! s'exclama Ariane avec effroi.

La Vouivre enleva le sac et arracha violemment le scotch sur la bouche de l'individu.

Il hurla un juron et en jetant un regard fielleux à sa ravisseuse.

— Je vais te tuer, sale putain !

— Grincheux et mal élevé. Crie et insulte-moi tant que tu veux, ça ne changera strictement rien.

— Tu vas souffrir. Je vais te faire la peau quand je me serai libéré.

La Vouivre lui souriait, ce qui énerva davantage l'homme. Il se brinquebalait sans relâche. Ariane avait de la pitié pour ce quidam.

D'une démarche assurée, la Vouivre s'approcha de sa victime. Elle sortit un couteau et lui coupa ses liens.

— Alors, Romain, toujours d'attaque ? Toujours envie de me tuer ?

Il tomba à terre et lui répondit par un regard qui en disait long sur ses intentions. Il se redressa et fonça sur elle. Sans difficulté, elle le stoppa net et lui saisit la gorge. Il tenta de la frapper au visage mais sans succès. Elle le tenait fermement avec une force déconcertante. Elle le repoussa, puis il lança une autre attaque, qu'elle évita sans problème, et trébucha.

— Pour un homme plutôt bien bâti, tu te comportes comme un être chétif. C'est pitoyable. Et après ça, tu oses prétendre être un homme viril. Laisse-moi rigoler de tes belles paroles.

La Vouivre s'amusait de la situation, provoquait son prisonnier avec une joie immense.

Celui-ci s'approcha d'elle et leva ses deux poings. Ariane ne put s'empêcher de rire.

— Romain, on n'est pas dans un film de combat. Tu es encore plus ridicule que je le pensais.

— Ferme ta putain de gueule. C'est pas une bouffonne à moitié à poil qui va m'arrêter.

— Qu'est-ce que tu attends, alors ? Viens !

Ariane remarqua avec admiration que la Vouivre savait persifler pour déstabiliser ses ennemis. Romain était le prochain homme à être puni sous les yeux d'Ariane, témoin de la puissance de celle qu'elle nommait son « *ange gardien* ».

À sa grande surprise, Romain fonça de nouveau. Mais sur Ariane, qu'il fit tomber, puis il se pencha au-dessus d'elle avant d'être tiré en arrière. La douleur le fit crier. La Vouivre avait sauvé Ariane, une nouvelle fois. Celle-ci fut abasourdie en découvrant que la Vouivre n'avait plus de jambes, mais une queue de serpent, qui retenait piégé le jeune homme.

Elle desserra son étreinte et sa queue laissa place à ses jambes. Elle se retrouva nue devant Romain, qui profita de ces quelques secondes pour la reluquer. Elle balança le couteau à ses pieds. Il ne savait pas ce que ça signifiait.

— Qu'attends-tu pour le prendre ? demanda la Vouivre.

— C'est quoi le piège ?

— Il n'y a pas de piège. Je veux juste te prouver que je peux te battre dans n'importe quelle circonstance. Même avec une arme, tu ne m'auras pas.

Romain, obnubilé par sa haine, n'avait fait aucun commentaire sur la queue de la Vouivre. S'en était-il au moins rendu compte ? Ariane se demandait s'il avait remarqué autre chose que sa nudité.

— Écoute, Romain, dans moins de cinq minutes, tu vas mourir, alors essaye au moins de me blesser. Mais de me blesser vraiment. Ne te contente pas de me faire une estafilade.

« Mais elle est folle ! À quoi elle joue ? » pensait Ariane.

Elle comprenait que la Vouivre jouât avec sa victime, mais était-elle obligée d'aller jusqu'à ces extrémités ? Faisait-elle comme ça avec tous ceux qu'elle punissait ?

Romain se jeta sur la Vouivre, qui se protégea avec sa main, et lui planta son couteau dans la paume. Il retira la lame et recula, se préparant à une contre-attaque. La Vouivre s'avança, tendit sa main. Il constata avec désarroi que la blessure avait disparu. Aucune marque de sang, aucune cicatrice.

— Qu'est-ce que… Comment est-ce possible ? Je t'ai blessée, j'en suis sûr.

— Oui, tu m'as blessée. Mais mon corps a guéri.

— Qui es-tu ?

— Romain, tu as fait du mal à des femmes qui t'aimaient. Tu leur as fait croire que tu les aimais dans le seul but de les voler et de revendre ton butin. Tu leur volais des objets qui avaient une valeur sentimentale à leurs yeux. Et tout ça, sans regret. Fais ta prière, Romain, ton heure est venue.

— Quoi ? Comment est-ce…

— Comment est-ce que je sais ? Je sais tout ce qui se passe dans ce canton. Quand je veux avoir des informations sur une personne, je les obtiens. Et je sais que tu es une très mauvaise personne. C'est pour cette raison que tu vas mourir dans les secondes qui suivent.

— Pas si je te tue avant, s'exclama-t-il.

Romain se lança sur elle pour la dernière fois. Il remarqua que les yeux de son adversaire brillaient. Il fut stoppé dans son élan par l'un des serpents les plus redoutables : l'anaconda.

— Joli coup, Kaaliyah ! Fais-lui bien mal.

L'anaconda mordit son poignet de toutes ses forces… et le lui brisa. Romain hurla sous l'effet de la douleur. Il vit la Vouivre à ses côtés. Son visage s'approcha du sien. Avec des gestes vifs et précis, elle le mordit à plusieurs reprises sur l'ensemble de son corps. Il convulsa, du sang s'échappa de sa bouche, son nez et ses yeux. Après quelques secondes d'agonie, son corps devint inerte. Une victime de plus que la Vouivre allait pouvoir ajouter à son palmarès.

— Tu n'es pas humaine, déclara Ariane.

— Je sais. Je te l'ai déjà dit, ne l'oublie pas.

Elle remit sa jupe et se tourna vers Ariane.

— Dis-moi ce que tu as pensé de cette exécution ?

« Sois franche et honnête », se disait Ariane.

— Ça m'a fait très peur. Je voulais fuir, appeler à l'aide. Et puis… je me suis souvenue que je désirais la mort de mon mari. Et que je la désire toujours. Tu as fait allusion à ses erreurs qui l'ont conduit à la mort. Alors j'ai décidé d'accepter la mort de cet homme et de garder le silence. Justice doit être faite.

— Bon sang ! j'hallucine. Tu me dis ce que tu penses, tu observes ce qui se passe, tu réfléchis, tu raisonnes. Et tu arrives à trouver la bonne réponse. Nos chemins se sont croisés. Soit c'était le destin, soit le hasard fait bien les choses.

Ariane attendait la suite avec impatience. Elle voulait accéder à la troisième et dernière étape.

— Nous pouvons passer à la troisième étape. Simple mais longue. Es-tu prête ?

— Oui.

— Alors, allons-y. Nous allons à la Source du Lison.

Ariane crut mal entendre. Si elles allaient vraiment là-bas, à pieds, elles en auraient pour longtemps avant d'y arriver. Cependant, la Vouivre se voulait rassurante.

— Il y a plus de cinq heures de marche. C'est très long, j'en ai conscience. Mais le résultat en vaut la peine. Crois-moi.

— Je te fais confiance.

Ariane posa ses yeux sur le cadavre de Romain.

— Et qu'est-ce que tu vas faire de lui ?

— Je m'en occuperai demain soir, dit-elle en éteignant le feu. Personne ne vient jamais ici, on est très loin des sentiers de randonnée. Par précaution, mes bébés surveilleront cet endroit. Maintenant, on y va.

Ariane avait les jambes lourdes après ces heures de marche éreintantes. La dernière étape était simple selon la Vouivre. Une confiance mutuelle s'était rapidement créée entre les deux femmes ; ces derniers efforts qu'Ariane avait dû fournir devaient en valoir la peine.

Elle vit la Vouivre se mettre nue et aller dans l'eau. La puissance de la cascade lava son corps. Pendant quelques secondes, elle sembla avoir oublié Ariane. Mais elle revint vite vers elle.

— Comme le dit la légende : la Vouivre adore se baigner nue dans l'eau. Maintenant, mets-toi nue et va te baigner un moment.

Aucun serpent et aucune personne, ligotée ou non, dans les parages. Au point où elle en était, elle pouvait suivre les instructions de la Vouivre sans crainte. Après tout, elle accompagnait son ange gardien.

Pendant que la Vouivre retournait dans l'eau, elle se déshabilla. L'eau était froide. Elle y alla malgré tout, plongea son corps petit à petit, jusqu'à y mettre sa tête. Elle se redressa face à la Vouivre.

— C'est le moment, déclara-t-elle.

Ses yeux brillèrent, ses bras se levèrent.

— Mes bébés arrivent pour être les témoins de ta renaissance. Ariane, ce petit rituel que je fais chaque soir dans l'eau me permet de me laver de mes péchés. Et toi, qu'as-tu ressenti dans l'eau ?

Ariane se mit à pleurer de joie. La naissance d'une autre vie se profilait.

— Je ne sais pas comment l'expliquer. C'est comme si je reprenais le contrôle de mon corps.

— Maintenant, jure-moi que tu me seras loyale et que tu m'aideras chaque fois que je te le demanderai. Jure-moi que tu ne me trahiras pas et que tu ne me laisseras jamais tomber. Jure-le.

Ariane souriait de tout son cœur. Elle était heureuse. Vraiment heureuse.

— Je te jure d'être loyale, de t'aider, de ne jamais te trahir et de ne jamais te laisser tomber. Je le jure.

Les yeux de la Vouivre redevinrent normaux. Elle avait promis de la débarrasser de son mari. Elle allait tenir sa promesse.

— Ariane ! Ta nouvelle vie commence maintenant.

Chapitre 19

Ariane avait terminé de raconter son histoire. Sa rencontre avec Cassandra sidérait Daniel. Même s'il compatissait pour cette femme, il digérait mal la façon dont l'étrange rituel s'était déroulé pour lui *offrir* une nouvelle vie. Il ne savait pas ce qui le choquait le plus : l'exécution dont il venait d'être le témoin ou la manière dont Ariane était devenue la protégée de Cassandra ?

Les deux femmes étaient accrochées chacune à un de ses bras. Avec leur caractère bien trempé et les capacités surnaturelles de Cassandra, il se savait en sécurité.

Quand il avait pris connaissances des événements, il cherchait seulement à être prudent tout en satisfaisant sa curiosité. Brusquement, il repensa aux quatre personnes exécutées, à l'étrange mise en scène, et à présent, il voulait des réponses coûte que coûte.

— Je ne vais pas te demander ce que tu as ressenti pendant la mise à mort que j'ai magnifiquement orchestrée, dit Cassandra. Cela se voit dans tes yeux.

— Et je pense qu'il ressent la même chose pour mon histoire, fit remarquer Ariane. Mais je ne lui en veux pas. Ces informations sont toutes fraîches. Je pense qu'on devrait lui laisser le temps de s'adapter.

Daniel n'en croyait pas ses oreilles. Pendant un instant, il sentit sa tête tourner. Les images des quatre personnes tuées par Cassandra et son anaconda réapparaissaient dans son esprit. Il avait du mal à encaisser ce qu'il venait de voir.

Partagé entre le doute et la compassion qu'il éprouvait pour le passé d'Ariane, il voulait savoir si ces deux femmes étaient sincères ou si elles jouaient avec lui. Si elles étaient franches, pourquoi ne punissaient-elles pas les gens d'une manière plus sobre au lieu de les tuer ? Cassandra lui avait demandé s'il connaissait son histoire et son passé avant d'être ce qu'elle était actuellement. Il n'en savait rien. Ce qui voulait peut-être dire qu'un évènement l'avait rendue violente et dangereuse. Il souhaitait vraiment en savoir plus pour comprendre comment on pouvait arriver à un tel niveau de monstruosité.

De retour à la fête, quand la foule fut visible, Cassandra utilisa la même technique pour rejoindre le bal sans attirer l'attention des plus curieux. Elle ne voulait prendre aucun risque.

— Attends ici, Ariane. Je n'en ai pas pour longtemps.

Une fois la foule rejointe, Cassandra commanda deux verres de rosé pamplemousse à un stand proche de la piste de danse. Daniel paya à contrecœur. Un silence pesant s'installa entre eux. Il regardait un peu partout autour de lui, du moment que son regard ne croisait pas celui de Cassandra. Elle, au contraire, le regardait sans relâche. Quand elle eut fini son verre, elle s'adressa à lui d'une voix calme et assurée.

— Bois un peu, ça te fera du bien.

Il ne répondit pas.

— Allez, Daniel, fais-moi plaisir.

Cette fois-ci, il lui répondit en se contenant difficilement.

— Tu veux que je te fasse plaisir ? Ok, alors dis-moi quels sont les SMS qu'Ariane a envoyés et pourquoi.

Cassandra ne parut pas étonnée de sa demande ni de sa réaction.

— Ah, ça ! Puisque tu m'as fait confiance et que tu m'as suivie dans la forêt, je vais répondre à ta demande. Les SMS font partie d'une mise en scène. Le premier envoyé disait au meilleur ami de Jules qu'il était un peu bourré et qu'il avait attaché des gens pour rigoler un peu. Le deuxième l'invitait à le rejoindre pour jouer avec lui et se moquer de ces pauvres gens ligotés. Et enfin, le dernier l'informait que des serpents l'attaquaient et qu'il se trouvait pris au piège.

Daniel commençait à comprendre.

— Et donc, tu as fait ça pour que la gendarmerie ne soupçonne jamais un meurtre. Juste un nouvel incident à cause de tes petits serpents chéris.

— Tout à fait ! Tu comprends vite. Je calcule tout minutieusement. Mais je ne te cache pas que je ne suis pas parfaite. Je ne suis pas à l'abri de faire une erreur. Personne ne l'est.

Cassandra jeta un coup d'œil dans la forêt. Il était temps de rejoindre Ariane. Mais avant cela, elle prit les mains de Daniel.

— Écoute, je dois partir. J'ai très envie de t'embrasser mais avec ce que tu viens de voir, je ne pense pas que ce soit réciproque. La prochaine fois qu'on se verra, tu en sauras un peu plus sur moi. Mais il faudra le mériter.

Daniel n'eut pas le temps de réagir. Cassandra ordonna à ses serpents d'effrayer tout le monde pour la troisième fois, afin de pouvoir pénétrer dans la forêt.

Les forces de l'ordre et les secours se précipitèrent une nouvelle fois à la rescousse des gens. Ils constatèrent que les serpents s'enfuirent dans la forêt pour disparaître aussitôt.

Une fois la foule calmée, Cassandra regarda Daniel avec un sourire. Elle allait rejoindre Ariane lorsqu'elle entendit une conversation résonner dans sa tête grâce à l'un de ses serpents.

« *C'est bon, les gars. J'ai mis de la drogue dans son verre. Y a plus qu'à la convaincre d'aller dans la forêt pour être tranquille et la fête pourra vraiment commencer.* »

— Tout va bien ?

— Oui, Ariane. Juste un imprévu. Des mecs vont droguer une fille. Certainement pour la violer.

— Les fils de pute, s'emporta Ariane.

— Voilà ce qu'on va faire : toi, tu fais comme prévu et moi, je vais aller m'occuper d'eux.

— Ne les loupe surtout pas ! insista Ariane.

— Compte sur moi.

Cassandra sourit et prononça à voix haute :

— Mes pauvres garçons. En ce qui vous concerne, toi et tes camarades, la fête s'arrête dès ce soir... et à jamais.

De nouvelles victimes allaient être retrouvées dans les prochaines heures.

Chapitre 20

Irène était nauséeuse. Le stress qui l'envahissait depuis son kidnapping faisait souffrir son système digestif. Ses intestins se serraient, sa gorge se bloquait quand elle tentait d'avaler de la nourriture. Plusieurs fois, ses ravisseuses lui avaient donné à manger — qu'elle n'était pas parvenue à ingurgiter — et à boire, mais pas d'alcool. Pourtant, c'était ce qu'elle désirait le plus. On l'en avait privé parce que ça la rendait mauvaise. Et pour cette raison, on l'avait attachée à un arbre.

Ariane lui tournait autour en attendant le retour de Cassandra. Le soleil pointait le bout de son nez, ce qui voulait dire qu'elle ne devrait plus tarder. Il lui tardait de savoir quel mode opératoire Cassandra avait choisi pour se débarrasser de ces parasites de violeurs.

Ariane voulait s'occuper du cas d'Irène et la mettre à l'épreuve pour lui donner une nouvelle chance de vivre. Mais c'était trop délicat pour elle. Son manque d'expérience ne lui permettait pas de s'en charger. Cassandra lui avait promis qu'elle allait devoir se charger d'une personne prochainement. Elle avait hâte de montrer de quoi elle était capable.

— J'ai soif, se plaignit Irène. Donne-moi à boire.

Ariane ouvrit une bouteille et versa l'eau dans sa bouche.

— De l'alcool, maintenant. Donne-moi de l'alcool.

Ariane fit un signe négatif de l'index. Elle lui tourna le dos et alla s'adosser contre un arbre.

Il n'y avait aucun serpent avec elles. Elles demeuraient seules, entourées d'une verdure dense et plaisante. L'endroit était calme mais Irène gâchait ces moments apaisants par des crises de colère. Le manque avait rendu Irène grossière : elle balançait des menaces à tout-va, mais sa respiration saccadée lui ôtait toute crédibilité. Ariane était bien placée pour le savoir. Par le passé, elle en avait vu de toutes les couleurs avec Gilles, qui se calmait dès qu'il buvait une bière.

Ariane savait qu'Irène resterait tranquille avec une bonne dose de whisky. Mais c'était hors de question. Les consignes de Cassandra étaient très claires : pas d'alcool, quoi qu'il arrivât.

— Rends-moi ma bouteille, connasse ! Il me faut de l'alcool.

Ariane ne répondit pas à sa provocation. Pendant une bonne partie de la nuit, Irène avait grogné toutes les insultes qui lui étaient passées par la tête. Ariane n'y avait pas prêté attention. Elle se contentait de la regarder impassiblement. Irène transpirait et devenait pâle. Voyant que les injures ne la menaient nulle part, d'un regard, elle supplia Ariane…

Aucune réponse favorable.

— Où en est-on, ici ?

Cassandra était de retour. Ariane ne l'avait pas entendue ; elle s'était focalisée sur Irène et avait suivi à la lettre les instructions de la Vouivre, à savoir : surveiller leur captive et ne céder à aucune de ses exigences.

— Le train-train habituel. Des insultes par-ci par-là et des menaces. Alors, qu'est-ce que tu as fait aux gars ?

— J'ai masqué ça en suicide au Pont du Diable. Ils en parleront dans les journaux.

— J'ai hâte de lire ça, dit joyeusement Ariane.

Cassandra s'approcha d'Irène sur sa longue queue de serpent. En la voyant, Irène hurla. Ses liens lui faisaient très mal quand elle remuait. Cassandra l'enroula dans ses anneaux et comprima son corps.

— Bonjour, Irène. La nuit a dû être longue. Ça fait quoi de voir le temps passer sans boire une goutte d'alcool ?

Irène lui cracha au visage. Ariane retint son souffle ; elle s'attendait au pire. D'un geste de la main, Cassandra se nettoya le visage et plongea son regard dans le sien.

— J'essaie de t'aider comme je peux... Et tu me remercies en me crachant dessus. Ce n'est pas très gentil, ça.

Elle se tourna vers Ariane et lui tendit sa main. Cette dernière se précipita vers un buisson, d'où elle sortit une bouteille. Cassandra la saisit et la montra à Irène.

— C'est ça que tu veux ?

La respiration d'Irène s'accéléra. Cassandra la mit sous son nez pour la narguer. Elle la pencha en avant tandis qu'Irène ouvrait la bouche. Elle se rendit compte qu'aucune goutte ne parvenait jusqu'à son gosier. Le bouchon n'était pas enlevé. Cassandra avait fait exprès dans le seul but de voir sa réaction.

— C'est ma bouteille, rends-la moi.

Irène prit un ton plus neutre.

— Je vous en prie, juste une gorgée. Une toute petite gorgée.

L'état d'Irène faisait de la peine à Ariane.

— Si je te libère, tu comptes faire quoi ? demanda Cassandra.

Les yeux d'Irène pleuraient des larmes de souffrance. Cassandra restait devant elle, les bras croisés. Elle était indifférente et impitoyable. Le temps passait très lentement pour Irène.

— J'irais boire. J'ai tellement soif.

— Boire de l'eau, tu veux dire ? l'interrogea Ariane. Tu as de la chance, on a plein de bouteilles en réserve.

— Mais non, pas de l'eau. De l'alcool, il me faut de l'alcool.

— Mauvaise réponse, dit Cassandra.

Elle poussa un soupir d'exaspération et tourna autour d'Irène plusieurs fois. Sa queue reptilienne l'effrayait.

— Si je fais ça, Irène, c'est pour ton bien. Serais-tu prête à quitter la région si je te libère et te rends ta bouteille ?

Irène ressentit comme un choc dans son esprit. La réponse paraissait évidente à ses yeux. Elle était venue pour une raison précise.

— Non, c'est impossible ! C'est pour mes fils que je suis là. Vous n'avez pas le droit de m'en empêcher.

— Oh, si ! J'ai tous les droits, ici. Je suis chez moi et je fais souffrir ceux qui le méritent.

— Vous m'avez kidnappée, emprisonnée, droguée, et vous osez me faire la morale. Putain, on aura tout vu.

— Droguée ? On ne t'a pas droguée, fit remarquer Ariane.

— Bande de sales menteuses. Depuis tout à l'heure, je vois l'autre emmerdeuse de service avec une queue de serpent à la place des jambes. Si je ne suis pas droguée, alors dites-moi ce que j'ai.

Ariane était à court d'idées ; seule Cassandra pouvait trouver des solutions pour remédier à la situation.

— Qu'est-ce qu'on fait ?

— Je vais m'occuper d'elle, dit Cassandra. Son cas est beaucoup trop imprévisible pour que tu puisses t'en charger. Je te laisse celui de Caroline Liot, cette journaliste un peu trop fan de ma légende. Ça devrait être du gâteau pour toi.

Cassandra venait de confier une tâche importante à Ariane – la première. Elle allait avoir le privilège de prouver à Cassandra qu'elle était capable d'être comme elle.

Les deux femmes avaient longuement échangé sur la vie de Caroline, son parcours... et ses erreurs. Ariane n'avait plus qu'à se préparer mentalement pour mener à bien sa mission.

Pendant ce temps-là, Cassandra se chargerait du cas d'Irène. Et ça risquait d'être très long pour elle.

Chapitre 21

Le commandant Paul Tillet prenait ses aises dans la salle de repos avec l'un de ses officiers, qui lisait le journal. Une tasse à la main, accoudé à un meuble et les yeux dans le vide, il songeait aux récents évènements qui hantaient chaque jour son esprit. Cela virait à l'obsession. À l'accueil, les coups de téléphone se succédaient au fur et à mesure que la journée avançait. Mais, aujourd'hui, ça ne le perturbait pas, ce qui était rare. Même son subalterne présent dans la salle semblait étonné.

Après avoir bu son café, il en reprit un autre, puis fit couler une nouvelle cafetière sans même se poser de question. Il savait que la routine pouvait parfois frapper, mais cette routine-là était la plus insupportable. Les moments passés à traquer les petits délits lui manquaient beaucoup. Il n'aspirait qu'à une chose : prendre des vacances, des vraies. Pas celles où les gens allaient à la plage du matin au soir pour passer leur temps à bronzer, alors qu'ils pouvaient faire des choses plus utiles : Paul aimait découvrir de nouveaux paysages, de nouveaux lieux. Mais il ne pouvait pas se le permettre, même si ses collègues tentaient de le convaincre. Ces histoires de morts et d'invasion de serpents s'avéraient pire chaque année.

Le bruit de la cafetière commença à résonner. L'officier en fut surpris. Il engagea la conversation.

— Tout va bien, mon commandant ?

Il n'allait pas bien, pas bien du tout. C'était une question bête, évidemment, mais l'officier était inquiet du calme qui régnait. Paul lui répondit d'un signe de tête, la bouche pleine de café.

Il jeta son regard par la seule fenêtre de la pièce. Il savait déjà ce qu'il allait voir : quelques immeubles ici et là, le parking de la gendarmerie, un chemin terreux qui menait droit dans la forêt où le danger et la mort étaient omniprésents. Il appréhendait chaque pied qu'il posait dans la forêt. Aucune solution efficace n'existait pour éradiquer les serpents.

Dans ses souvenirs, il y a plusieurs années, il gardait le témoignage d'un adolescent qui avait trouvé un cadavre au Pont du Diable, près de Saint-Anne. Le jeune homme avait affirmé qu'un anaconda se tenait près la dépouille. Mais personne ne l'avait cru ; l'adolescent était sous l'emprise de stupéfiants au moment de la découverte. Le plus troublant dans cette affaire, c'était la marque autour du cou de la victime. Il ne s'agissait pas de mains ; personne n'avait jamais su ce que c'était. Pour les spécialistes, une telle bête aurait brisé le corps de sa proie et l'aurait avalé... ou aurait essayé, du moins.

Paul était le seul à croire à cette hypothèse. Le mois dernier, on retrouva le corps d'un homme nommé, Romain Gauthier, avec une morsure étrange sur le poignet. L'un des spécialistes affirma que cela ressemblait étrangement à la morsure d'un anaconda.

— Mon commandant ? demandait une voix. Mon commandant ?

— Oui, Jacques ?

— Nous avons un problème, un très gros problème.

— Je ne suis pas d'humeur, alors soyez gentil d'abréger.

Jacques était chargé de l'accueil aujourd'hui et ce rôle lui plaisait. Rien de mieux que de poser son postérieur sur une chaise, à enchaîner les appels du matin au soir, en plus de réceptionner des gens souhaitant porter plainte pour diverses raisons.

— J'ai l'un de nos hommes en ligne. Ils ont été appelés il y a vingt minutes, continua Jacques. Quatre cadavres ont été retrouvés dans la forêt, à plusieurs centaines de mètres du bal.

Paul soupira. On voyait ses épaules s'affaisser sous l'effet de la respiration. Il frappa violemment le mur avant de se retourner, faisant face à Jacques, qui avala sa salive avec angoisse quand son regard croisa celui du commandant.

— C'était trop beau pour être vrai ! Très bien, je vais y aller. Ils sont encore en ligne ?

Jacques acquiesça. Paul se précipita à l'accueil et saisit fermement le combiné. À l'autre bout du fil, l'interlocuteur lui indiqua la route à suivre pour les retrouver. Il précisa au passage que les quatre cadavres étaient trois hommes et une femme.

Paul prit l'une des voitures de fonction, enclencha le gyrophare et partit rejoindre ses collègues dans une fureur qui semblait sur le point d'exploser, aussi dangereuse qu'une éruption volcanique.

Il connaissait bien la route. En temps normal, il aurait mis une trentaine de minutes pour arriver au lieu indiqué. À la vitesse où il roulait, vingt suffirent.

Un collègue l'accueillit et l'invita à le suivre à travers la forêt. La nausée remonta dans son œsophage quand il découvrit les quatre cadavres.

— Et le médecin légiste ?

— Il va arriver, mon commandant.

— En espérant que ça ne traine pas. Est-ce qu'on peut déjà en tirer des hypothèses ?

— Oui, je crois. Sur les quatre victimes, deux ont une marque de strangulation assez énorme.

— Et les deux autres ?

— La femme a une étrange marque à la base du cou. Pour l'autre c'est pareil, mais aux avant-bras.

— Qui vous a appelés ?

— Deux jeunes, qu'on interroge en ce moment même. Ils connaissaient l'une des victimes, celle qui est allongée. D'ailleurs, on a trouvé sur lui un sachet à moitié rempli d'une poudre blanche.

Paul constata avec effroi que, sur deux cadavres, des marques ressemblant fortement à des morsures étaient gravées dans la chair. Une forme en demi-cercle apparaissait clairement et lui faisait penser à une dentition humaine. Il ne savait pas quoi en conclure sans l'avis du médecin légiste. Et puis, il était trop fatigué pour avoir l'esprit clair. La dose de café qu'il avait ingurgitée depuis le début de la journée ne lui faisait pas du tout effet. Il sentait que la journée allait être longue.

Deux autres gendarmes étaient avec eux. Paul leur ordonna de boucler le périmètre.

Vingt minutes plus tard, le médecin légiste débarqua avec toute sa panoplie et Paul eut un léger soupir de soulagement. Un sourire crispé se dessina sur son visage en voyant l'expression du médecin légiste, songeur quant au genre de cas qu'il allait devoir résoudre. Subitement, Paul se sentit moins seul.

Le médecin légiste s'approcha des quatre morts. Quand il eut fini d'analyser les corps, il regarda les alentours avec une curiosité qui lui était inhabituelle. Paul le dévisageait.

— Des conclusions ou des hypothèses à faire ?

— Je dirais qu'il y a quelque chose de bizarre, Paul, de très bizarre. Je ne suis pas inspecteur ou détective mais je pense qu'il y a quelque chose qui nous échappe.

— Vous pouvez préciser ?

Paul fut appelé par un collègue.

— Commandant, on a du nouveau.

— Je vous écoute, Jérôme. Dites-moi que vous avez des infos intéressantes.

— Justement, mon commandant. On a fini d'interroger les deux jeunes gaillards. Ils étaient des amis de Jules…

— Jules ? s'interposa le médecin légiste, par curiosité.

— Oui, le seul cadavre allongé. Bref ! Ils cherchaient Jules lorsque ce dernier leur a envoyé des SMS.

— Continuez, s'impatienta Paul.

— Jules les informait qu'il était en pleine forêt avec des personnes qu'il avait attachées à un arbre pour s'amuser et les invitait à le rejoindre. Plus tard, ils ont reçu un autre message où Jules expliquait être encerclé par des serpents. Après quoi, ils sont partis en totale panique à sa recherche… et l'ont retrouvé mort.

— Donc, tout ça, ce serait juste une farce de mauvais goût qui aurait mal tourné ? s'interrogea le médecin légiste.

— Il faut croire que oui, répondit Paul. Merci, Jérôme, mais pensez à prendre leurs cordonnées.

Jérôme partit et laissa les deux hommes seuls.

— L'hypothèse que j'avais en tête tombe à l'eau.

— C'est-à-dire ?

— J'aurais dit qu'il s'agissait d'un meurtre masqué en jeu sadique ou quelque chose du genre, avec quelques bavures. Avec les autopsies qui m'attendent, les résultats de la police technique et scientifique et le témoignage des amis de ce Jules, je ne suis sûr de rien. Je sens que ça va être long.

— Envoyez-moi les rapports quand vous aurez fini.

— Pas de souci.

Paul avait envie de se tirer une balle dans le pied. Avant même les résultats officiels de l'enquête, il pensait qu'il s'agissait bien d'un accident, et non d'un meurtre. Il aurait préféré. Ça lui aurait permis de traquer l'assassin, de l'arrêter et l'envoyer derrière les barreaux. Rien de tel que de réussir sa mission pour se sentir utile.

Il ressentait le besoin de régler une affaire. Un cas de cambriolage, de vol, de vandalisme ou d'agression aurait été du gâteau pour lui.

Son téléphone sonna. Son interlocuteur l'informa qu'une autre victime venait d'être découverte. Il s'agissait de Gilles Perot, le vendeur de matériels de pêche. Ses mains tremblèrent d'agacement. Il était au bout du rouleau et ne savait plus comment gérer ses émotions. Il se mit en route sans plus tarder. D'après les informations transmises, les serpents étaient toujours sur place.

Devant la maison de Gilles : un camion de pompier et une voiture de la gendarmerie, gyrophares allumés.

— Où est-ce qu'on en est ? demanda Paul à Jean Deval, le colonel des pompiers.

— Toujours pareil. Le corps gît dans le salon mais la pièce est envahie par des cobras royaux.

— Des cobras royaux ? Vous avez tenté quelque chose pour les faire fuir ?

— On a essayé de les attraper avec nos crochets à serpent mais ils nous attaquaient sans relâche. Ensuite, on les a aspergés d'eau, sans succès. Ils finissent par revenir. Je précise aussi que la porte-fenêtre du salon est ouverte.

« C'est curieux », pensa Paul.

Il réfléchit pendant un long moment. La situation méritait d'être analysée. Pendant toutes ces années, aucun évènement aussi improbable ne s'était produit. Il était perdu mais il devait agir, tenter quelque chose. À tout prix.

— Colonel, vous avez des antidotes contre le venin de cobra ?

— Oui, commandant. Trois seulement.

— Pas plus ?

— La production de cet anti-venin n'est pas énorme. On en produit qu'en Thaïlande et en Inde.

— On va faire avec. Je vais prendre mes hommes. Toi et les tiens restez ici. Je sais que c'est de l'inconscience mais je ne veux pas rester les bras croisés.

Sans laisser le colonel réagir, Paul fit appel à ses deux collègues, leur ordonna de le suivre et de se préparer.

Sur le seuil, Paul poussa légèrement la porte, sa main droite placée sur son arme de service, afin de dégainer le plus rapidement possible. Les trois hommes longèrent le couloir et avancèrent prudemment. Leurs visages se tournaient dans tous les sens, à l'affût d'un serpent posté en embuscade, prêt à mordre et à injecter son venin mortel.

La première porte à gauche menait à la cuisine, vide. Néanmoins, ils vérifièrent qu'aucun reptile ne s'y trouvait. La pièce d'en face était le salon. Paul la reconnaissait à la télé plasma placée dans un coin mais aussi à la cheminée. Le salon était de taille moyenne et formait une sorte de L. Près de la porte-fenêtre, l'horreur se conclut.

Le corps de Gilles était allongé au sol sur le dos, entouré par des cobras, comme le colonel des pompiers l'avait dit. Ils étaient facilement reconnaissables à leur corps marron, leurs écailles lisses, leur face ventrale claire et leurs coiffes qui se déployaient quand ils se dressaient et se sentaient menacés.

Les trois hommes avaient du mal à croire ce qu'ils voyaient. L'un des serpents entourait la gorge du cadavre, deux étaient installés sur son ventre. Les autres – huit exactement – formaient un cercle autour de lui. Comme s'ils protégeaient un trophée.

Paul se décala sur sa droite, sans trop savoir ce qu'il faisait ni à quoi s'attendre. La réaction des cobras lui glaça le sang : ils le suivirent du regard, ignorant complètement les deux autres gendarmes. Paul n'aimait pas leur façon de le regarder et leurs langues fourchues le répugnaient. Il chercha un objet.

N'importe lequel. Il voulait voir si ça suffirait à faire fuir les reptiles. Il prit un livre et le jeta sur un serpent au hasard.

Raté.

Il recommença et atteignit sa cible cette fois-ci. Il constata alors qu'il venait de commettre une erreur. Le cercle de serpents fonça sur lui. Il trébucha en arrière ; le sommet de son crâne heurta le mur. Il porta instinctivement la main à la zone douloureuse. Ses deux collègues dégainèrent leurs armes mais reçurent l'ordre de ne pas tirer. Les cobras feintèrent une attaque. Leur but ne semblait pas être de tuer Paul et ses collègues mais seulement de les effrayer.

La scène suivante fut encore plus hallucinante. Tous les cobras quittèrent la pièce par la porte-fenêtre qui menait à l'arrière de la maison... sauf un. Il se glissa sur le ventre de Paul, sa tête effleura légèrement la sienne. Sa langue faisait frissonner Paul. Puis il prit la poudre d'escampette à son tour, laissant les gendarmes estomaqués.

Paul semblait suffoquer. Ses deux collègues vinrent à lui et l'aidèrent à se relever.

— Ça va aller, mon commandant ?

— Je crois, oui ! Sortons d'ici au plus vite.

À l'extérieur, les visages se tournèrent dans leur direction. Paul informa Jean que le chemin était libre et qu'il pouvait récupérer le corps.

Paul avait la ferme conviction que si ses hommes avaient ouvert le feu, les cobras les auraient mordus. Il ne se l'expliquait pas, mais il en était persuadé.

Ce n'était que le début de l'été et la liste des morts commençait sérieusement à s'allonger.

Chapitre 22

Débardeur sportif féminin rose, jogging noir, baskets usées mais toujours utiles : c'était dans cette tenue que Caroline Liot venait de terminer son footing quotidien. Elle courait près de la Source du Lison. Elle faisait toujours respirer son corps avant de travailler, et n'avait pas choisi ce lieu touristique uniquement pour faire du sport mais aussi pour écrire la plupart de ses articles ; elle travaillait depuis trois ans au Cœur Comtois – le journal régional. Elle avait découvert le métier de journaliste par curiosité et envie.

Aujourd'hui, elle devait écrire un article sur la mort des quatre personnes retrouvées dans la forêt et celle de Gilles Perot à son domicile. Rapide et efficace, elle avait pu interviewer gendarmes, pompiers et quelques habitants effarouchés par les drames qui touchaient le canton. Avec toutes les informations recueillies, elle était sûre de pondre un article de qualité. Elle prenait très à cœur son travail, craignant toujours de décevoir sa hiérarchie. L'angoisse de mal faire son boulot était constante.

Le plus effrayant pour elle, c'était sa phobie des serpents. Elle était consciente qu'elle prenait des risques en venant ici. Elle-même n'arrivait pas expliquer pourquoi elle se rendait souvent à cet endroit, alors que des serpents rôdaient tout près. Caroline avait coutume de dire aux gens qui venaient pour la première fois ici que « la Source du Lison et la Source de la Loue sont comme des aimants. Que vous ayez peur des serpents, de l'eau ou du vide, vous allez forcément visiter ces deux endroits ». Elle reconnaissait qu'elle se comportait comme un morceau de métal facilement magnétisé par les lieux.

Elle n'avait croisé aucun serpent depuis plus d'un an. Elle ne savait pas si c'était de la chance, du hasard, ou si une bonne étoile veillait sur elle. Toutefois, elle n'allait pas s'en plaindre.

« Bon… Je devrais me mettre au boulot. »

Elle alla chercher son ordinateur et une clé USB dans sa voiture, avant de revenir. Elle ôta ses chaussures, ses chaussettes, et prit place sur un rocher parsemé de mousse. Ses pieds se posèrent dans l'eau ; le bruit de la cascade l'apaisait. Elle sentit l'inspiration venir. Cet endroit magique motivait tous ceux qui aimaient l'art : les peintres, les photographes ou les dessinateurs.

Caroline espérait que l'article du jour serait bon, très bon. Le seul souci résidait dans la photo qu'elle inclurait. Une photo de serpent ? D'un cobra ? D'une femme adepte de serpents ? Pourquoi pas un anaconda ? Après tout, plusieurs habitants avaient certifié avoir vu ce redoutable reptile, même si cela remontait à plus de vingt ans. Caroline était encore très jeune et le commandant Paul Tillet n'était pas encore intégré dans la gendarmerie. Après une petite enquête journalistique, elle savait seulement que le commandant avait obtenu un unique témoignage concernant l'anaconda, depuis son arrivée à Ornans. Ce gros reptile ferait une super photo. Il suffirait de parler de cette hypothèse pour que toute la population fût en panique.

Caroline était tentée et amusée par cette idée mais son rédacteur en chef refuserait à coup sûr. Elle jugea donc préférable d'oublier son désir. Comme elle le disait si bien, « *Ne tentons pas le Diable* ». En parlant de Lucifer, cela lui faisait subitement penser qu'elle devait aller au Pont du Diable, avec ses cousins et ses neveux, pour qu'ils pussent découvrir les lieux.

« D'abord le travail, ensuite la famille. »

Son dernier article « La Vouivre et ses mystères », avait fait parler de lui. Tant mieux, c'était le but. Mais avant que sa créativité littéraire n'émergeât, il lui fallait un titre. Encore meilleur que le précédent. Le premier qui lui vint à l'esprit, « Le mystère des serpents », n'était que provisoire.

Puis les lignes qu'elle cherchait à écrire apparurent naturellement.

Hier matin, la gendarmerie d'Ornans a été contactée par deux individus ayant découvert les cadavres de quatre personnes au milieu des bois, à plusieurs centaines de mètres d'où a eu lieu le bal annuel.

D'après les enquêteurs, il semblerait que l'une de ces personnes ait attaché les trois autres, sous l'influence de l'alcool et de stupéfiants, pour s'amuser, avant d'être encerclés par des serpents. Des prélèvements sanguins seront effectués dans les plus brefs délais afin de déterminer la neurotoxine responsable des décès.

L'histoire ne s'arrête pas là : le commandant Paul Tillet a par la suite été appelé d'urgence par l'un de ses collègues, lui apprenant la mort de Gilles Perot. Un vendeur de matériel de pêche bien connu et apprécié par les habitants de la ville.

À leur arrivée, les pompiers ont découvert son cadavre dans son salon infesté de cobras.

Les forces de l'ordre et les professionnels de santé s'inquiètent de plus en plus de la situation. Les spécialistes ne comprennent pas comment de telles espèces peuvent vivre dans la région franc-comtoise. Rappelons aussi que d'après de très vieux témoignages, un serpent de type anaconda se promènerait dans les alentours. De tels propos suffisent pour raviver les histoires de la Vouivre. Cette légende locale attire chaque année de nombreux touristes et voyageurs.

La gendarmerie recommande une nouvelle fois la plus grande prudence lorsque vous sortez en forêt.

C.L

Caroline savait que l'article devra être relu, peaufiné et corrigé. Ça ne lui posait pas de problème. Il ne lui manquait plus que la photo. En écrivant son article, elle avait trouvé laquelle mettre, ou plutôt faire : la maison de Gilles.

Elle sortit ses pieds de l'eau et eut l'impression qu'ils étaient gelés. Elle ne s'était pas rendu compte à quel point le temps était passé vite. Elle remit ses chaussettes et baskets avant de se préparer pour sa prochaine destination.

Un craquement retentit non loin d'elle, près d'un arbre. Elle s'approcha doucement et vit un petit amas de terre se mettre à bouger.

« Oh, non ! Pas un serpent, par pitié. »

Caroline recula et buta sur quelque chose. En se retournant, elle sursauta mais fut soulagée. Une femme lui faisait face.

Ariane.

— Désolé si je vous ai fait peur.

— Ne vous en faites pas. Ce n'est pas vous qui m'avez fait peur. J'ai cru qu'il y avait un serpent. Je déteste ces bestioles.

Les yeux d'Ariane s'illuminèrent.

— Que faites-vous ici ?

— Je suis journaliste pour le Cœur Comtois. Je viens ici pour m'inspirer, comme je le fais souvent.

— Un article sur les morts survenues récemment ?

— Euh… Oui ! répondit Caroline, mal à l'aise.

Ariane fixait Caroline avec des yeux de prédateur. Elle affichait un sourire troublant. Sa main caressa son visage, son pouce effleura ses sourcils.

— N'ayez crainte ! Je ne vous ferai aucun mal.

— Je n'ai aucune crainte.

— Alors pourquoi tremblez-vous ?

Caroline baissa la tête et vit ses jambes trembler, ses mains aussi. Elle souriait nerveusement, tentant de cacher sa peur du mieux qu'elle pouvait.

— Je… Je suis nerveuse à cause des évènements et des serpents.

Ariane dévisagea Caroline, se plaça derrière elle. Ses mains posées sur ses épaules, sa bouche frôla son oreille droite.

— Intéressant, dit-elle à voix basse. Vous êtes journaliste, vous écrivez un article sur des morts, vous venez ici pour vous inspirer et vous avez peur des serpents. Ces créatures si magnifiques. Venir dans un endroit où il y a eu des morts et où il y a des serpents, ce n'est pas trop risqué pour une personne seule ?

Ariane frôlait désormais l'oreille gauche.

— Peut-être qu'après tout, votre présence ici n'est pas un hasard.

Caroline chercha à repousser Ariane, qui ne bougea pas. Au contraire, elle semblait prendre plaisir à jouer avec Caroline, dont la crainte se lisait sur son visage. Les deux femmes se firent de nouveau face.

— Je sais qui vous êtes. Vous êtes Ariane Perot. La femme portée disparue depuis presque un mois.

Ariane répondit par le silence… et par un sourire.

— Vous l'avez assassiné ?

Ariane comprit qu'elle faisait allusion à son mari.

— C'est ce qu'il était qui l'a tué. Pas moi.

Caroline avait l'esprit trop perturbé pour comprendre ce que ça voulait dire.

— Pourquoi vous êtes-vous enfuie ?

— Mais quelle curiosité, dites-moi ! Ma vie privée ne vous regarde pas. Je n'ai violé aucune règle… contrairement à vous.

Ariane avançait lentement mais surement. Caroline trébucha ; elle lui ordonna de rester au sol et se baissa pour ramasser sa pire crainte : un serpent.

Elle se mit à trembler, des larmes commencèrent à naître dans ses yeux pour couler le long de ses joues, avant de disparaître sur ses lèvres.

Ariane posa le serpent sur elle. Elle prenait un plaisir sadique à la voir apeurée. Caroline sentit son rythme cardiaque s'accélérer. Le serpent parcourait son corps. Sa langue fourchue touchait son menton. Ariane se repaissait encore plus de la scène.

— C'est dur de se confronter à ses plus grandes peurs. Voyez-vous, Caroline, il serait très fâcheux que vous vous empressiez de rentrer chez vous, de prévenir les flics et de dire que j'ai tué mon mari.

Ariane lui saisit les cheveux et la tira vers elle.

— De plus, il est dur de reconnaître ses erreurs et de les assumer. Tu vois de quoi je parle ?

Caroline garda le silence.

— Une femme à l'âme brisée et un homme mort à cause d'un jeu qui a mal tourné, ça ne te rappelle rien ?

Caroline se mit à pleurer. Ariane lâcha ses cheveux, lui saisit la gorge et lui murmura :

— Écoute-moi bien, petite salope. Je te laisse une seule et unique chance de vivre. Tu rentres chez toi, tu fais tes affaires et tu quittes le département. Si tu ne fais pas ça, que tu dis que j'ai tué Gilles ou même que tu m'as vue, je te promets la pire mort qui soit. Entendu ?

Ariane retira le serpent et le laissa partir.

— Maintenant, casse-toi !

Caroline prit ses affaires et se sauva à toute vitesse. Ariane était fière de la pression psychologique qu'elle venait de faire subir à sa première victime. Oui, c'était la première fois qu'elle faisait ça, sous les consignes redoutables de Cassandra. Il lui manquait encore de l'expérience.

— Bien joué, Ariane. Pour une première fois, c'est réussi.

Cassandra rejoignit Ariane, restée à l'abri des regards en spectatrice silencieuse. Elle était exactement comme le jour où elle s'était dévoilée à Daniel : une queue de serpent, le haut du corps nu, les cheveux retombant sur sa poitrine. Sans oublier l'Escarboucle autour du cou.

— Penses-tu qu'elle va m'écouter et vivre, ou qu'elle va se rebeller et mourir ? la questionna Ariane.

— Y a plus qu'à patienter et on verra.

— Je ne pensais pas que cette femme en apparence gentille aurait fait de telles choses.

— Les apparences sont trompeuses, Ariane. Toujours. Avec le temps, tu t'en rendras compte par toi-même.

Les deux femmes traversèrent le pont et s'enfoncèrent dans les profondeurs de la forêt.

La journée ne faisait que commencer et Cassandra avait une envie bien précise en tête.

Chapitre 23

Isolées au milieu d'une clairière que seules Cassandra et Ariane connaissaient, elles se détendaient toutes les deux, assises face à face près d'un feu dispensant d'une lumière à la fois agréable et fascinante. Un monceau de nourriture, récupéré chez Ariane après avoir déposé le corps de Gilles, était disposé près d'elles.

« *Macabre et glauque* ! » avait dit Ariane.

« *Mais tellement bon et jouissif* ! » avait rétorqué Cassandra.

Un barbecue, improvisé avec un cercle de pierre, tenait un gril récupéré chez Gilles. Les braises chaudes dégageaient une odeur de viande qui ouvrait l'appétit.

Ariane regardait Cassandra avec un air taquin.

— Tu es sûre de ce que tu ressens ? De ce que tu veux faire ?

— Tout à fait !

— C'était il y a combien de temps, la dernière fois ?

Cassandra rigolait, Ariane aussi.

— Quand j'étais humaine, il y a plus de neuf-cents ans.

— Tant que ça ? Et ça ne te manque pas ?

— Avant, non. Maintenant que j'ai rencontré Daniel, c'est différent.

— Et s'il n'est pas comme tu l'imaginais, tu fais quoi ?

— C'est un homme. Et les hommes ne montrent pas leurs sentiments, surtout ceux qui sont sincères. Ils ont trop peur.

Le duo fut rejoint par Kaaliyah, l'anaconda. De son corps long et puissant, elle les entoura, comme si elle formait un cercle de protection.

Kaaliyah servait de bras droit à Cassandra. Nombreux étaient ceux qui avaient péri dans ses anneaux, que ce fût par étouffement ou en ayant les os brisés. Quelques-unes de ses victimes avaient fini dans son estomac. Sa taille n'était pas naturelle : un anaconda aussi long, rapide et vigoureux ne pouvait exister. C'était une abomination. Son regard avait de quoi paralyser n'importe quel être vivant, y compris le plus courageux des humains. Ce serpent-là, il fallait le craindre. Daniel ne l'avait pas complétement vu à cause du manque de lumière, mais il savait que cet anaconda était hors-norme et puissant. Au moment d'étouffer ses deux victimes, l'autre soir, Kaaliyah les avait saisies avec une telle rapidité que personne n'avait eu le temps de cligner des yeux. Daniel avait vu sa dextérité mais il ne voulait pas connaître sa force. De quoi broyer le corps de n'importe qui en un quart de seconde.

Ariane faisait griller des marshmallows pendant que Cassandra dégustait une escalope de poulet. La tête de Kaaliyah vint se poser sur les jambes de sa créatrice, comme un chat venant sur son maître dans le seul but d'être bichonné. De temps à autre, sa langue fourchue fouettait l'air. Cassandra était ravie de ne pas avoir la langue d'un serpent. Elle trouvait qu'avoir une langue humaine était beaucoup plus pratique et agréable pour parler… mais aussi pour embrasser.

Ariane feuilletait le journal du jour. Sa rubrique préférée : les faits divers avec leurs histoires de vols, d'assassinats, de jalousies et d'adultères, qui poussaient les gens au meurtre et à la folie. De quoi donner aux deux femmes des informations potentielles sur les prochaines proies à *punir.*

Ce jour-là, un article mentionnait la mort de trois hommes d'une vingtaine d'années, et précisait que l'un d'entre eux aurait poussé les deux autres par-dessus la barrière du Pont du Diable, avant de se suicider en s'ouvrant les veines. Ariane passa le journal à Cassandra. Elles affichaient un sourire toutes les deux.

— J'adore comment les articles sont écrits, fit remarquer Cassandra. Je ne m'en lasserai jamais.

— Et le pire, dans cette histoire, c'est qu'ils ont gobé la lettre que tu as écrite. Tu n'avais jamais procédé comme ça avant. Pourquoi cette innovation ?

— Pour la simple et bonne raison que j'ai tué beaucoup de gens alors qu'on est qu'au début de l'été. Je vais devoir réfléchir à d'autres idées.

Il était plus de minuit et les deux femmes ressentaient de la fatigue.

— Tu penses que Daniel va s'en sortir, avec cette histoire improvisée de petite amie ?

La queue de Cassandra se métamorphosa en une sublime paire de jambes douces. Elle s'étira et bailla. Naturellement, Ariane bailla aussi.

— Je n'en sais rien. Ses deux gamins et le reste de sa famille ont déjà dû lui poser un paquet de questions.

Cassandra ne dit rien de plus. Elle préférait garder ses dernières pensées pour elle. Elle avait agi sans trop réfléchir, la nuit du bal, en prétendant être sa nouvelle petite amie. Elle aimait beaucoup Ariane mais pas au point de tout lui dire. Chacun son jardin secret ; Ariane elle-même l'avait dit. Cassandra n'avait plus aimé un homme depuis sa transformation en créature surnaturelle. Jusqu'à présent.

Elle ne se considérait pas comme une mauvaise personne ; mais comme une Justicière qui traquait les personnes indignes de vivre selon elle. L'amour faisait partie de ces choses qui avaient détruit sa vie, et qui l'avaient poussée à se transformer en une créature diabolique remplie de haine.

Désormais, elle craignait que l'histoire ne se répétât, et tremblait de peur à l'idée d'aimer et d'être détruite à nouveau. Peur d'aimer un homme qui allait la décevoir et lui briser cœur et âme. Peur d'accumuler une rage incontrôlable qui la pousserait à commettre un carnage et à éliminer tout ce qui se trouverait sur son passage.

Si les sentiments de Cassandra se brisaient une nouvelle fois, la mort régnerait sur son territoire, même si l'on était innocent. Personne ne serait épargné.

Chapitre 24

La voiture chargée de bagages, les jeunes se préparaient à partir pour trois jours dans un chalet perdu au milieu des bois, vers Nans-Sous-Saint-Anne. Léon avait pour mission de les déposer. D'autres amis les attendaient déjà ; c'était également l'occasion pour Maël et Steven de faire de nouvelles rencontres. Ils savaient d'ores et déjà qu'ils retrouveraient des camarades de Lucie et Léo. Maël voyait cela comme une bonne nouvelle : il avait repris goût à la vie depuis que lui et son frère s'étaient éloignés de leur mère. Il était devenu souriant, serviable et souvent taquin ; son père ne le reconnaissait pas.

Avant que la voiture ne fût hors de vue, Daniel leur fit un signe de la main. L'inquiétude qu'il avait ressentie pour ses fils s'était dissipée. Cependant, il éprouvait toujours de l'angoisse vis-à-vis de son ex-épouse, Irène, dont il était toujours sans nouvelle.

Il l'avait appelée discrètement plusieurs fois et lui avait envoyé plusieurs messages.

Aucune réponse.

Ces dernières heures, il cogitait après avoir entamé des recherches sur les différentes histoires de la Vouivre et sur les serpents – ceux qu'il avait croisés. Aucun résultat sur leurs origines. Quant aux anacondas *naturels*, ils étaient moins dangereux que celui de Cassandra. Plus ils en imposaient par leur taille et plus ils se montraient lents. Leurs lieux de prédilection étaient les rivières et les étangs. Dans l'eau, ils étaient rapides et se cachaient pour observer une future proie. Sur la terre ferme, ils ne représentaient que peu de danger si on restait loin d'eux. Ses découvertes prouvaient bien que Kaaliyah n'était pas ordinaire : intimidante et très rapide.

Il avait lu le journal ce matin, s'attardant particulièrement sur l'article qui traitait de personnes mortes sur le Pont du Diable. C'était Cassandra, il en était sûr. Mais pour quelles raisons ?

Cassandra était et resterait très certainement une créature énigmatique. Daniel n'approuvait pas le meurtre, évidemment, mais il sentait une part d'humanité chez elle qu'elle n'aimait pas dévoiler. Peut-être par peur. Il ne connaissait pas son histoire et il en était curieux.

Il était plus de quatorze heures et Daniel sentait la faim lui tirailler un peu l'estomac. Sa sœur s'était absentée pour aller à son cabinet. La solitude l'arrangeait. Il alla de ce pas se servir des restes dans le frigo pour manger en toute tranquillité : une pizza à la raclette, achetée la veille dans une l'une des pizzerias d'Ornans. Trois parts exactement. Cinq minutes plus tard, il ne restait plus rien ; il avait tout englouti.

Par la fenêtre, il vit le facteur passer et partit chercher le courrier. Une lettre lui était destinée. Seul son nom était inscrit. Il reconnut aussitôt l'écriture de Cassandra et esquissa un sourire.

Cette lettre – la deuxième – qu'il lut était écrite avec une douceur qui le soulageait, lui qui craignait les réactions imprévisibles de Cassandra.

Cher Daniel,

Je ne sais pas pourquoi… Mais je ressens un vide quand je suis sans toi, malgré la présence d'Ariane.

Je suis une femme, je suis une créature. Je peux faire le bien comme je peux faire le mal.

En tant que femme, je peux avoir des sentiments et éprouver des émotions. En tant que créature, je peux être mauvaise et faire du mal.

En tant que femme, je peux être douce. En tant que créature, je peux être dangereuse.

En tant que femme, je peux aimer. En tant que créature, je peux détruire.

Mon cher Daniel, j'aimerais te retrouver ce soir, à la Source de la Loue, loin de tous les regards.

À 22 heures.

Toute la nuit.

Juste toi et moi.

Avec amour : Cassandra.

La lettre lui paraissait sincère. Ça ne pouvait pas être un piège ; il était intimement convaincu que ça ne pouvait pas en être un.

Il faisait nuit. Le moment était venu de se rendre à la Source de la Loue, comme convenu. Elle était là. Belle, charmante, mystérieuse… et dangereuse. Qu'importait ; elle voulait Daniel. Et Daniel la voulait. Ça ressemblait presque à une relation pernicieuse et interdite entre le bien et le mal. On racontait que l'homme et la femme se complétaient dans leur union. Il devait très certainement en être de même pour le bien et le mal.

Cassandra attendait sagement Daniel, assise au sol, sous le grand pont. En le voyant arriver, la joie gagna son cœur. Daniel souriait nerveusement. L'eau qui jaillissait de la Source de la Loue était bruyante mais apaisante, créant un contraste très étrange. C'était comme si la chute de la cascade nous coupait du reste du monde : être à l'écart de la civilisation et faire connaissance avec la nature, ses habitants et ses merveilles.

Le feu qu'avait allumé Cassandra donnait sa chaleur et sa lumière. Daniel voyait plus en détails ce qu'elle portait : un chemisier blanc et une jupe noire. C'était tout. Il remarqua tout de suite qu'elle ne portait pas de soutien-gorge. Ses mamelons pointaient sous son haut.

— Tu as froid ? demanda-t-il.

— Pas encore. Je te ferai signe quand j'aurai besoin de ton corps.

Elle lui fit signe avec son index de venir plus près d'elle, l'air de dire « Viens par ici, mon coquin. Tu es à moi ce soir ». Il obtempéra, s'assit à côté d'elle en laissant un mètre d'écart que Cassandra s'empressa d'occuper en se collant à lui, sa jambe contre la sienne. Un silence envahit l'atmosphère. Daniel se sentait ridicule. Aucun son ne parvenait à sortir de sa bouche. Comme s'il vivait le premier rencard de sa vie. Cependant, une question lui vint à l'esprit.

— De quand date ton dernier rendez-vous ?

Cassandra se blottit contre lui et resta silencieuse. Un bras entourait l'épaule de Daniel, une main chaude et ferme caressait l'une de ses jambes. Il se pencha en arrière, appuyé sur ses coudes, laissant ainsi Cassandra poser sa tête sur son torse.

— Tu me promets de ne pas rigoler et de ne pas me trahir ?

— Je ne prendrais aucun risque avec toi.

Cassandra se redressa et prit appui sur ses genoux, faisant face à Daniel. Son regard transperçait le sien.

— Promets-le-moi !

Devant l'insistance de Cassandra, il se dit qu'il n'avait pas le choix. Mais il était touché. Il voyait en elle un être avec des émotions, des sentiments, des défauts et des faiblesses. Il lui prit les mains en rapprochant son visage près du sien.

— Promis ! déclara-t-il.

Cassandra sentait son cœur battre plus vite que jamais.

— Redis-le, s'il te plait.

— Je te le promets !

Ce fut alors que Cassandra lui avoua qu'elle n'avait pas eu de relations amoureuses depuis neuf siècles. Elle saisit son visage et déposa ses lèvres douces et chaleureuses contre les siennes. Elle passa ses mains sous son t-shirt, le lui enleva d'un geste lent et caressa son torse. Elle le poussa doucement pour qu'il se retrouvât complétement allongé. Elle lui enleva presque tout ce qu'il lui restait comme vêtements : les chaussures, les chaussettes, puis le pantalon. Il ne lui restait plus que son boxer bleu foncé.

« Il est temps de remettre les pendules à l'heure », pensait-il.

Il saisit Cassandra par la taille et la rapprocha de lui. Un duel de regards se mit en place. Un duel intime, presque érotique. Un duel dont l'issue déterminerait qui dominerait l'autre sensuellement. Il commença par lui ôter la jupe qui masquait une culotte rose. Puis vint le tour du chemiser, qu'il prit le temps de déboutonner. Une poitrine moyenne se dévoila, révélant des mamelons brun foncé.

Cassandra se releva, posa un pied sur le torse de Daniel et l'obligea derechef à s'allonger. La lumière vive du feu révélait son corps somptueux et fragile. Elle ôta elle-même sa culotte, qui révéla un petit triangle pubien sombre. Puis elle enleva le boxer de Daniel. Le membre qui s'y cachait était déjà en érection. Cassandra saisit fermement ce membre chaud et dur. Daniel la regarda dans les yeux. Cassandra commençait à faire des mouvements de va-et-vient. Daniel se redressa un peu, suffisamment pour que ses mains pussent la toucher. Ses doigts caressèrent le sexe de Cassandra qui devint humide. Des frissons d'excitation parcoururent leurs corps. Les va-et-vient allaient de plus en plus vite. Daniel essayait de suivre le rythme. Il vint à la rencontre de ses seins et en saisit un, le tenant fermement avant de le mettre dans sa bouche. Il alterna avec l'autre sein. Cassandra continuait toujours de le masturber.

Daniel décida de prendre les devants et de montrer de quoi il était capable pour combler sa partenaire. Il l'allongea à son tour et l'embrassa. Sa bouche descendit doucement le long du corps, jusqu'à atteindre le point sensible, du bout de sa langue. Tout le corps de Cassandra fut pris de spasmes incontrôlables. Elle émit de légers gémissements de plaisir.

Elle se mordit les lèvres en maintenant la tête de Daniel pour qu'il continuât de la faire frissonner.

« Faites que ces minutes érotiques deviennent des heures », pensait Cassandra.

Daniel se mit au-dessus d'elle pour la pénétrer avec impétuosité et désir. Leurs respirations accélérées témoignaient du plaisir qu'ils prenaient en se livrant à l'acte charnel.

Pendant les minutes suivantes, tout s'accéléra : les cris de jouissance, les caresses, les baisers. Cassandra dominait Daniel. Il était allongé sur le dos, tandis qu'elle le chevauchait. Ses mains prenaient appui sur son torse pour stabiliser la position et libérer ses mouvements. Daniel s'extasiait à sentir Cassandra le dominer. Il en profitait pour la toucher, la caresser et l'embrasser.

Leurs corps en fusion tremblèrent de plus en plus. Ils sentirent l'orgasme arriver. Avec des gestes de plus en plus rapides, le plaisir ultime les envahit. Daniel jouit en elle et Cassandra poussa un cri puissant.

Elle s'effondra doucement sur le corps de Daniel, qui passa ses bras autour d'elle.

Ils se regardèrent et s'embrassèrent.

Ce n'était que le début d'une nuit qui semblait tenir toutes ses promesses.

Chapitre 25

Cassandra et Daniel étaient encore allongés mais habillés. Elle avait sa tête posée sur son torse ; il lui caressait le dos, ce qui lui procurait une sensation de douceur et de sécurité. Une nuit sous le signe de la sensualité, de l'érotisme, du bien-être. Ils avaient fait l'amour plusieurs fois. Pour ajouter une petite dose d'humour, Cassandra avait affirmé qu'il fallait tôt ou tard rattraper le temps perdu, ce qui n'avait pas manqué de faire rire Daniel.

Cassandra avait dominé chaque partie de jambes en l'air. Lui qui aimait les femmes qui prenaient le dessus avait été généreusement servi cette nuit. « Apparemment, tu es une dominante dans tous les sens du terme », lui avait fait remarquer Daniel pour la taquiner. Elle n'éprouvait aucune crainte, loin de là. Elle avait fait promettre à Daniel de ne pas la trahir et il avait promis, à deux reprises. Ne pas tenir une telle promesse eût été une erreur : la mort.

Pendant le reste de la nuit, ils avaient parlé de plusieurs sujets. Daniel voulant savoir pourquoi elle ne pouvait pas se montrer en plein jour, Cassandra expliqua que c'était à cause de sa nature : le résultat d'une magie noire très puissante. Contrainte de rester cachée le jour à cause de sa queue de serpent, la nuit, elle pouvait choisir de rester mi-serpent ou devenir entièrement humaine. Daniel désirait en savoir davantage sur ses origines mais elle jugea que le moment n'était pas encore venu. Qu'il devrait être patient. Il ne s'était pas obstiné à obtenir des réponses. Ç'eût été comme s'aventurer dans un champ de mine ; au moindre faux pas, ça explosait.

Cassandra monta sur le corps de Daniel, non pas pour le chevaucher mais par simple envie. Elle lui massa le torse et l'embrassa.

— Que vas-tu faire aujourd'hui ?

— Rien de particulier, mon chéri. Me pavaner dans les bois, comme d'habitude. Pendant que j'y pense, tu leur as dit quoi, à tes proches, pour nous ?

Daniel parut étonné de sa question. Il n'avait rien dit à ses fils, à sa sœur ou même à Léon, qui voulaient seulement savoir s'ils allaient prochainement faire la connaissance de Cassandra.

— Je leur ai juste dit que je n'avais pas envie d'en parler pour l'instant.

— C'est tout ? Et personne n'a insisté ?

— Si, bien sûr que si ! J'ai dit à mes deux garçons de me laisser respirer et de profiter des vacances au lieu de me poser des questions. Ils ont cherché à savoir si le cauchemar de leur mère droguée allait se répéter. En ce qui concerne Gaëlle et Léon, je leur ai dit que je leur raconterais bientôt. Certainement en rentrant. Ils savent que j'ai passé la soirée avec toi. Mais ça, tu le savais déjà.

Oui, Cassandra savait obtenir ce qu'elle voulait. Elle surveillait en permanence ce qu'il se passait sur son territoire, sans pour autant avoir le nombre suffisant de serpents pour filer tous les habitants et touristes. Elle était consciente que des informations pouvaient lui échapper et qu'une personne à éliminer pouvait avoir l'occasion d'échapper à la sentence.

L'un des sujets les plus fascinants pour Daniel fut les serpents. Cassandra lui raconta qu'elle avait des espions et des soldats. Les espions, constitués de reptiles non venimeux, se contentaient d'observer et d'écouter pour rapporter des informations intéressantes. Daniel, déconcerté, voulut comprendre puisque d'après ses connaissances, les serpents ne possédaient pas d'oreille et se repéraient grâce à la chaleur et aux odeurs. Cassandra lui rappela avoir utilisé la magie noire pour devenir une créature surnaturelle et avoir également doté ses reptiles de capacités inhabituelles. Comme Kaaliyah. Le devoir des soldats consistait à faire peur, à faire fuir… et surtout à punir ceux qui enfreignaient les règles.

Et le sujet qui l'avait le plus intrigué était l'Escarboucle. Il voulut connaître l'histoire de ce bijou. Savoir ce qu'il représentait aux yeux de Cassandra. Sa réponse avait été hésitante.

« On va dire que c'est comme mon cœur. Sans lui, je ne peux vivre… même si je suis immortelle », avait-elle dit.

Daniel ne s'était pas trompé sur elle : elle était réellement énigmatique.

Les yeux de Cassandra brillaient.

— N'aie pas peur, je dis juste à mes enfants de te libérer le chemin. Ils ont surveillé les alentours toute la nuit pour que personne ne nous importune.

Sur ce, elle l'embrassa et sauta dans la Loue. Daniel se décida à rentrer chez lui. La nuit avait été merveilleuse, la journée devrait l'être tout autant. Il était temps de rejoindre sa famille.

De retour à Ornans, Daniel opta pour un petit-déjeuner dans l'une des boulangeries qui ouvraient ses portes dès six heures du matin. Il choisit la plus proche de chez sa sœur, où il fut accueilli par un joyeux et dynamique « Bonjour » de la part du vendeur. Il commanda un mokaccino et deux pains au chocolat. Comme tous les jours, la boulangerie proposait un journal qui circulait librement d'un client à l'autre. Daniel était content. Aucun mort en rapport avec du poison ou une noyade suspecte n'y figurait. Peut-être que Cassandra retrouverait sa totale humanité en côtoyant davantage les gens.

Il n'était pas le seul client présent. Un jeune couple en sueur et vêtu d'une tenue sportive laissait deviner qu'il revenait d'un footing. Daniel, pas du genre à critiquer ou à avoir des préjugés, était convaincu que le jeune homme prenait de la protéine en poudre, à cause de ses bras gonflés. Son fils Steven lui avait déjà demandé de lui en acheter. Ce que Daniel avait formellement refusé, lui rappelant que sa croissance n'était pas terminée et qu'il commencerait le sport sans prendre de compléments alimentaires.

Quand il fut plus de huit heures trente, Daniel se dirigea vers chez lui. À la maison, sa sœur Gaëlle dormait encore. Son beau-frère le salua.

Il s'installa à ses côtés. Léon était en plein dans son petit-déjeuner.

— C'était bien, avec ta nouvelle femme ?

Le café qu'avait pris Daniel l'avait réveillé et atténué sa fatigue.

— Oh ! Que oui ! J'ai passé une nuit de folie.

— À t'entendre, on dirait que t'oublieras pas cette nuit, je me trompe ?

— Aucunement.

Léon donna une tape sur l'épaule de Daniel. Celui-ci jubilait encore.

— Quand aurons-nous l'honneur de faire sa connaissance ? Tes fils se posent des questions. Il serait peut-être temps que mon beau-frère nous parle de cette belle créature qu'il fréquente.

« Effectivement, c'est une créature. Mais pas que dans ce sens-là », pensa Daniel.

— Ils sont inquiets ?

— Tes fils ? Non. Ils se posent juste des questions, ce qui me parait normal. Bon, en ce qui concerne Lucie, elle a juste dit que t'avais le droit de t'envoyer en l'air à volonté maintenant que tu es célibataire.

— C'est Lucie, quoi. Toujours dans la subtilité.

Léon reprit subitement son sérieux et fixa Daniel avec un air sévère et interrogateur.

— Sérieusement, Daniel, parle-moi d'elle. Prouve-moi que cette Cassandra est le genre de personne à qui on peut faire confiance.

Daniel était désemparé. La voix de Léon lui laissait croire qu'il était soupçonneux. Et s'il savait qui était réellement Cassandra ?

Non, impossible. Avec ses « *espions* », comme elle disait, Cassandra surveillait certainement la maison depuis son arrivée à Ornans et aurait averti Daniel, si Léon subodorait quelque chose. Pourtant, cette façon insistante de le regarder l'inquiétait.

— Qu'est-ce que tu veux savoir sur elle ?

— Tout ce qu'il y a à savoir. Comment tu l'as connue, est-ce qu'elle travaille, est-ce qu'elle a des enfants ? Le genre de choses qu'on aimerait savoir.

Daniel avait eu le temps de réfléchir à ce genre de questions. Il savait qu'on lui demanderait des comptes sur sa relation avec Cassandra. Il avait préparé un scénario classique mais efficace selon lui, pour ne pas éveiller les soupçons. En théorie, cela devrait marcher… En théorie.

— Je l'ai rencontrée dans une boite d'intérim, entama Daniel. À force de m'y rendre, on a fini par parler de tout et de rien en dehors de la recherche d'emploi. Puis un jour, on s'est croisés dans une boulangerie et on a papoté.

Léon écoutait attentivement le récit de son beau-frère. Il ne voulait pas en perdre une miette.

— Et au fur et à mesure, on a fini par sortir boire un verre puis aller au restaurant. Et elle n'a pas d'enfant.

Léon n'était pas totalement convaincu par son discours. Ça lui semblait trop simple, trop banal.

— Et c'est tout ? Je veux dire… tu connais sa famille et ses amis ?

— Je ne connais ni ses amis ni sa famille. Cassandra est très solitaire.

Léon croisa ses bras et le toisa.

— Je vais te dire franchement ce que j'en pense, Daniel. Il y a quelque chose qui n'est pas net chez cette Cassandra. À moins que tu n'aies pas envie de tout dire.

Daniel commençait à sentir le stress l'envahir. Léon semblait avoir flairé quelque chose.

— De quoi tu parles ?

— Franchement, Daniel, ta copine vient à Ornans, elle te retrouve comme par magie au bal, sans affaire et super bien fringuée. À moins qu'elle ne dorme à l'hôtel. C'est le cas ?

— Oui, effectivement.

— Tu me connais bien. Quand je suis très inquiet pour quelqu'un, je suis prêt à faire ce qu'il faut pour protéger la personne en question.

Daniel se sentait très mal. Son instinct lui disait que le pire restait à venir, que sa relation étrange avec Cassandra était incertaine… et dangereuse. Il ne devait pas l'oublier.

— Daniel, quand je fais la lessive, je fouille toujours les poches par précaution. Surtout depuis que j'ai des gosses, avec tout ce qu'ils peuvent y laisser. Et… j'ai trouvé une lettre flippante. Ce sont les deux prénoms en bas de la lettre qui m'ont fait peur. Tu vois de quoi je parle ?

L'étau semblait se resserrer autour de Daniel. Il paniquait intérieurement. Il ne savait plus où donner de la tête. Il se souvenait de cette lettre signée par Cassandra et Ariane. Et de ce qui y était écrit.

— Ne m'en veux pas mais je suis allé voir les gendarmes pour leur remettre la lettre.

Le cœur de Daniel fut sur le point d'exploser. L'annonce de Léon lui fit comme un électrochoc. Son esprit s'égara dans le néant. Son instinct ne s'était pas trompé. Daniel sentait venir la case interrogatoire et, dans le pire des cas, la prison.

Non loin de là, le vrombissement d'une voiture se fit entendre ainsi qu'un enchainement de portes qui claquèrent. Daniel se retourna et comprit vite que les personnes qui venaient d'arriver étaient là pour lui.

Deux gendarmes – dont un homme bien costaud – allaient à sa rencontre. Le second n'était autre que le commandant.

Paul fit un signe à Léon avant de s'adresser à Daniel.

— Monsieur Stermann, comme on se retrouve, lança-t-il d'un ton sévère.

— Comme vous dites.

— Monsieur Stermann, je venais vous remettre cette convocation.

Daniel prit le papier tendu par Paul. Après l'avoir lu, il rétorqua :

— Aujourd'hui à dix-huit heures ?

— Vu la situation, Monsieur Stermann, il est primordial que vous veniez le plus rapidement au poste pour interrogatoire. Tâchez d'être ponctuel parce que dans le cas contraire, je reviendrai moi-même vous chercher.

Paul salua Léon et tourna les talons. Lorsque la voiture fut partie, Daniel fixa son beau-frère d'un regard foudroyant.

— Je suis désolé mais il le fallait, Daniel.

— Tu pourras l'être si ça tourne mal et que je finis en taule.

— J'ai fait ça pour ton bien.

— Mon bien ? s'emporta Daniel. À force de vouloir trop bien faire les choses, on peut mal les faire. Et puis de quel droit tu fouilles dans mes affaires ? Pourquoi ne m'en as-tu pas parlé avant ? Et par simple respect, tu n'avais pas le droit de lire sans mon autorisation une lettre qui ne te concerne pas.

Le coup de gueule de Daniel, qui retourna dans sa chambre pour prendre ses clés de voiture, choqua Léon. Celui-ci s'interposa en le voyant revenir.

— Tu vas où comme ça ?

Daniel le saisit par les épaules et le força à s'écarter de son chemin. Léon tenta quand même de le retenir mais Daniel était déterminé à partir.

— Putain, qu'est-ce qui te prend ? Tu vas quitter la ville ou quoi ?

— Non ! hurla Daniel, qui fit sursauter Léon. Je vais juste faire un tour, et ensuite, j'irai à la gendarmerie.

En entrant dans la voiture, Daniel ajouta :

— Tu te souviens parfaitement de la lettre, n'est-ce pas ? Il était écrit qu'elle n'avait aucunement l'intention de me tuer, ni moi ni mes fils. Pour l'instant seulement. Mais si je dois dire la vérité pour m'en sortir, Léon, mes fils seront menacés de mort. Et ce sera de ta faute.

Daniel passa la première vitesse et démarra violemment, laissant Léon seul et désarçonné.

À la gendarmerie, Paul emmena Daniel dans son bureau. Il n'avait pas vraiment eu d'autre choix que de venir.

Il avait erré dans les rues d'Ornans toute la journée, à réfléchir à ce qui allait se passer, ce qu'il risquait, s'il devait dire toute la vérité ou mentir. Cette situation lui avait coupé l'appétit. Léon l'avait appelé à plusieurs reprises, Gaëlle aussi, sans qu'il ne décrochât. Daniel se souvenait d'une chose très importante : ne rien dire sur la disparition fictive d'Ariane.

Dans le bureau, une armoire ouverte se situait derrière un ordinateur. Divers dossiers avec diverses inscriptions y étaient empilés : délits routiers, vols, cambriolages, morts suspectes.

La dernière catégorie regroupait le plus de dossiers ; sur celle-ci étaient notées les années. Ça allait de 2002 à 2017. Daniel se disait qu'il y avait autant de morts ici que dans le reste du monde à cause des serpents.

— Je vais faire quelque chose que je n'ai jamais fait de toute ma carrière, déclara Paul. C'est-à-dire que je vais vous interroger sans tout tapoter à l'ordinateur maintenant. Ça risque de durer longtemps mais tout dépend de vous. Il y a cette lettre que votre beau-frère a eu l'intelligence de nous remettre, et il y a cette étrange personne que vous fréquentez. Une dénommée Cassandra… C'est bien son nom ?

Daniel acquiesça.

— C'est votre copine ?

— C'est compliqué !

Et c'était vrai… c'était compliqué. Lui et Cassandra s'étaient embrassés, ils avaient couché ensemble. Mais est-ce que cela suffisait à Daniel pour dire qu'il s'agissait d'une relation officielle ? Il ne savait pas, il en doutait malgré la nuit chaleureuse passée en sa compagnie.

— Comment ça, c'est compliqué ? Vous savez quand même si, oui ou non, c'est votre copine, non ?

Daniel se trouvait dans une impasse et il essayait de peser le pour et le contre en fonction des réponses qu'il allait donner. Il voulait dire la vérité mais il savait qu'il serait bon pour aller chez les fous. D'un autre côté, beaucoup de personnes chercheraient à savoir où trouver Cassandra et son Escarboucle, considérée comme l'un des trésors les plus convoités au monde.

— Je vais vous dire une chose, reprit Paul. Je ne crois pas une seule seconde que vous soyez l'auteur de toutes ces morts. Parce que ça serait illogique que vous soyez le responsable alors que vous venez à peine d'arriver en ville. Sans oublier que le nombre de morts s'entasse d'année en année. Mais je pense qu'il y a quelque chose qui nous échappe... et que vous détenez peut-être la réponse.

— La réponse à quoi ? demanda Daniel.

— Plus le temps passe et plus je me dis que quelqu'un est derrière tout ça.

Paul se leva et fit les cent pas avant de s'arrêter devant la fenêtre, les mains dans le dos, le regard fixe vers l'extérieur.

— Je n'ai pas fait part de ma théorie à mes collègues ni au procureur, tout simplement parce qu'elle est infondée. Je pense qu'on a affaire à une sorte de charmeur de serpent.

— Ne me dites pas que vous pensez à la Vouivre ?

Paul rigolait légèrement.

— Non, évidemment ! Je serais bon pour l'asile si je pensais à une telle chose. Je pense qu'une personne se sert des serpents pour tuer. Si j'ai raison, et j'espère avoir raison, je me demande pourquoi tuer autant de gens. Et quelles seraient les motivations.

Daniel ne cherchait même plus à cacher sa peur et son angoisse. Ça se jouait à quitte ou double. Il était prêt à mourir pour ses fils mais il ne supporterait pas de les perdre. Il allait devoir rester prudent.

— Admettons que vous ayez vu juste, comment comptez-vous débusquer ce charmeur ?

— Comme je vous le disais, j'attends une réponse que vous devez avoir.

Le moment était décisif… et funeste. Daniel tenait une occasion en or de dire la vérité et d'être débarrassé du fardeau qui pesait sur ses épaules.

Les lèvres tremblantes, le regard vitreux, les mains crispées, Daniel se décida à tout dévoiler… à sa manière. Une chose était sûre pour Paul : ce qu'il allait entendre, il ne risquait pas de l'écrire sur son ordinateur.

Quand Daniel eut fini son récit, deux heures plus tard, lui et Paul entendirent des pas à l'accueil. Une femme en talons, reconnut facilement le commandant. À la gendarmerie, il n'y avait que lui et un de ses officiers, qui gérait l'accueil.

Un bruit de verre brisé leur parvint puis un autre, sourd. Paul s'apprêtait à aller voir ce qui se passait lorsque la voix de son collègue l'appela en hurlant.

Paul vit son collègue à terre, un filet de sang coulant de son front à sa joue. Derrière lui, une femme brune portant une paire de lunettes de soleil le maintenait en joue… avec son arme de service… et deux cobras.

Paul sortit son arme et la pointa en direction de la mystérieuse femme.

— À votre place, j'éviterais de faire cette erreur stupide, commandant Tillet.

La femme ôta ses lunettes et sa perruque brune. Daniel et Paul connaissaient cette femme.

Ariane Perot.

— Qu'est-ce que tu fais, A…

— Ferme-la, Daniel, le coupa Ariane. Tu n'es qu'un traître. Et tu vas payer pour ça.

— Lâche cette arme et discutons, s'interposa Paul.

Ariane se mit à rire sans pour autant être perturbée par la situation. Elle tira un coup de feu à côté de son otage pour prouver qu'elle ne plaisantait pas.

— Toi, tu lâches ton arme, ou je descends ton collègue. Tu as trois secondes.

— Faites ce qu'elle vous dit, commandant, intervint Daniel.

— Un.

Paul trembla. Il mourait d'envie d'appuyer sur la gâchette mais Ariane pouvait riposter à tout moment. Et il ne voulait pas la tuer.

— Deux.

Il songea un instant à viser un bras ou une jambe mais il était impossible de deviner si Ariane aurait le temps de contre-attaquer. Malgré le fait que cela fît partie des risques du métier, Paul craignait pour la vie de ses collègues.

— Trois.

— Ok, tu as gagné ! Je lâche mon arme.

— Parfait ! Pose-la et envoie-la-moi sans geste brusque.

Paul obéit. Ariane fit un signe à Daniel que ce dernier n'arriva pas à comprendre.

— Qu'est-ce que tu attends ? Tu viens avec moi ! On va à la Source de la Loue. On n'en a pas fini.

Ariane assena un coup de pied au visage du collègue de Paul. Sa tête heurta le mur et il perdit connaissance. D'un geste, Ariane ordonna à Paul de passer devant, avant de le cogner d'un coup de crosse sur le sommet du crâne. Puis elle baissa son arme, ce qui donna une envie folle à Daniel de la lui saisir et d'en finir maintenant. Même si ça attiserait inéluctablement la fureur de Cassandra. Cependant, il n'avait pas oublié que deux cobras étaient là et que leur présence servait uniquement à dissuader Daniel de faire le moindre geste stupide. Des soldats, comme disait Cassandra. Pour faire peur, pour faire fuir… pour punir. Des soldats redoutables, rapides et imprévisibles.

Ariane avança vers Daniel, son nez frôla le sien, presque comme si elle allait l'embrasser.

— Allez, Daniel, il est temps de partir. Et d'assumer tes erreurs. Crois-moi, Cassandra est à prendre avec des pincettes… Et pendant un bon moment.

Avant de sortir, Ariane prit l'arme de Paul. Elle ouvrit la marche, suivie de Daniel, puis des cobras qui, eux, le surveilleraient. Il redoutait le pire, désormais. Il se mit à penser que sa vie ne tenait qu'à un fil.

Et il n'avait certainement pas tort.

Chapitre 26

Ariane avait pensé à prendre un sac à main dans lequel elle pouvait ranger sans problème ses deux pistolets. Il n'y avait que deux voitures dans le parking de la gendarmerie : celle des représentants de l'ordre et celle d'Ariane.

Daniel s'installa côté passager et il fut contraint de prendre les deux cobras sur lui, avec mépris et dégoût.

— Une personne a dû être tuée pour que tu puisses avoir cette voiture, ou c'est moi ?

— C'est toi qui te fais des idées. J'ai juste réussi à m'emparer des clés à force de patience et je me suis taillée avec.

Une trentaine de kilomètres les séparait de leur destination. Le voyage ne devrait pas être, en théorie, très long, mais sous l'effet de la menace, une minute paraissait une éternité.

Les deux cobras, dressés et coiffes déployées, ne quittèrent pas Daniel des yeux.

Daniel imitait les cousins des serpents en demeurant aussi immobile qu'un crocodile.

— Nerveux ? Tu as bien raison, Cassandra n'est pas très contente que tu aies parlé de moi. Tu as bien de la chance de ne pas avoir parlé d'elle. Là, c'était la mort qui t'attendait. Remarque, tu as réussi à monter un sacré scénario que le commandant a gobé.

Daniel avait raconté à Paul qu'Ariane se servait des serpents pour punir « *les mauvaises personnes* », comme son mari Gilles, que Cassandra et lui sortaient plus ou moins ensemble mais que leur relation était compliquée. Il avait réussi à persuader le commandant qu'Ariane se servait du nom de Cassandra pour tenter de masquer les pistes, et faire croire qu'elle n'était pas seule sur le coup. Daniel savait que ce scénario avait une chance sur un million de marcher. Et pourtant, ça avait marché.

— Ce n'est pas la mort qui m'attend ? À moins que ce ne soit une surprise.

Ariane se gondolait. La stupidité de Daniel atteignait un niveau qu'elle n'imaginait même pas venant de lui.

— Cassandra serait très déçue si elle t'entendait dire ça. Elle n'a pas besoin de mentir pour tuer. Quand on fait une erreur et qu'on entre sur son territoire, il vaut mieux prendre ses jambes à son cou et déguerpir avant qu'elle ne vous attrape. Autant dire que personne n'a réussi à lui échapper. Après, tu me diras que c'est normal : personne, ou presque, ne croit en l'existence de la Vouivre, ou très peu. Du coup, des gens meurent avant même d'avoir compris ce qui se passait réellement, dans la plus grande partie des cas.

— Dis-moi ce qui va m'arriver ! ordonna Daniel.

Ariane lui donna un coup de coude en plein visage. Il porta une main à son nez, qui versa ses premières gouttes de sang.

— La politesse, tu connais ? Oui ? Parfait ! Je ne suis pas ton chien.

Daniel se tut. Ariane était une femme anciennement battue par son défunt mari. Devenue une alliée de Cassandra, Dieu seul savait ce qu'elle était capable de faire sous son influence.

Daniel réfléchissait à ce qui l'attendait. Il pensait à ce qu'il allait subir. Il analysait la situation : peut-être trouverait-il un moyen de se sortir de ce désastre… ou peut-être pas.

De ville en ville, il regardait chaque paysage comme s'il les voyait pour la dernière fois. En grand amoureux de la nature et de ses habitants, il ferma les yeux et respira chaque bouffée d'air comme si c'était sa seule raison de vivre.

Ornans, son berceau, allait peut-être devenir son tombeau.

Arrivés à destination, Ariane lui signala qu'il fallait patienter encore un peu.

— Nous sortirons vers vingt-et-une heure, dit Ariane.

— Pourquoi vingt-et-une heure ?

— Parce que c'est mieux ainsi.

— Et pourquoi c'est mieux ainsi ?

— Et pourquoi tu ne fermes pas ta gueule ? Tu sauras en temps voulu ce qui arrivera. Crois-moi, tu auras appris une bonne leçon, alors ne gâche pas tout.

À vingt-et-une heure, ils avancèrent jusqu'à la grotte où se déployait à pleine puissance la Source de la Loue. Cassandra les attendait, le sourire aux lèvres. Elle ouvrit ses bras et Daniel se retrouva à contrecœur dans son étreinte. Il sentit sa force le compresser et cela lui fit mal au dos. Les ongles de Cassandra commençaient doucement à pénétrer sa chair. Elle le regarda avec insistance et défiance.

— Tu as été vilain, Daniel. Et à cause de toi, au moins une personne sera condamnée à mourir sous tes yeux ce soir.

— Au moins ? Qu'est-ce que ça veut dire ?

— Tu verras ! dit Ariane.

— Exactement ! confirma Cassandra.

Daniel venait de se rendre compte qu'ils n'étaient plus que tous les trois. Les deux cobras s'étaient volatilisés. Aucun reptile dans les parages – du moins aucun de visible.

Le ciel, sur le point de laisser sa place aux ténèbres, permettrait à Cassandra de se fondre parmi les humains.

— C'est le moment, Ariane.

Ariane fit demi-tour et marcha d'un pas précipité.

— Le moment de quoi ?

— Patience, ils sont en chemin.

— En chemin ?

Cassandra hocha la tête. Daniel était sur le point d'ouvrir la bouche lorsqu'elle leva l'index en guise de protestation. Il comprit qu'elle ne voulait pas répondre à ses interrogations. Et qu'il y aurait également plusieurs morts s'il accumulait les faux pas.

Après vingt minutes de silence et d'angoisse, Ariane revint… accompagnée… par six personnes, une bouteille à la main.

— Nos invités d'honneurs ont répondu présent à mon invitation. Comme c'est gentil de leur part.

Cassandra prononça ces mots avec une intonation malsaine et sarcastique.

— Papa ! hurla une voix lointaine.

Daniel comprit l'horreur qui se déroulait devant lui : Maël et Steven étaient les prisonniers de Cassandra. Plus ils se rapprochaient et mieux il distinguait les quatre autres silhouettes qui faisaient partie du groupe. Il finit par les reconnaître. Il y avait la journaliste Caroline Liot, son beau-frère Léon, sa sœur Gaëlle mais aussi Irène… son ex-femme.

Tous les six avaient les mains ligotées. Steven et Maël semblaient les plus angoissés. Caroline commençait à suffoquer à cause de sa phobie des serpents et Irène paraissait perdue.

— Libère mes fils… s'il te plait.

— Mais bien sûr, mon cher Daniel. À la condition qu'ils se comportent bien et ne tentent pas de s'enfuir, si tu vois ce que je veux dire.

Il regardait ses fils d'un œil compatissant. Cassandra fit signe à Ariane de couper leurs liens. Les deux frères se précipitèrent dans les bras de leur père, qui les serra aussi fort qu'il le put. À cet instant, il ne voulait plus les voir partir.

— Qu'est-ce qui se passe, Daniel ? demanda sa sœur.

— Il se passe que ton frère a fait une grosse bêtise qui va coûter la vie à l'un d'entre vous ce soir. C'est comme une leçon : il a mal révisé, alors il aura une mauvaise note.

Cassandra avait pris un malin plaisir à répondre à la place de Daniel. Son côté sombre cachait bien des surprises. Daniel comprit qu'il ne la connaissait pas vraiment. Il aurait dû s'en douter, lui, l'homme devenu méfiant depuis son divorce. Il pensait connaître Irène, l'avait épousée avant de se rendre compte que cette femme n'était pas faite pour lui.

Cassandra se tourna vers Ariane.

— Tu dois y aller maintenant. Et quoi qu'il arrive, n'intervient pas. Je viendrai te chercher.

Ariane lui passa la bouteille et s'éloigna du groupe.

— Les secours et les flics seront là d'une minute à l'autre, alors écoutez attentivement. Mettez-vous l'un à côté de l'autre, les jambes bien serrées. Ainsi, personne ne verra ma queue de serpent et je pourrai les prendre par surprise. Et surtout, ne tentez rien de stupide ou c'est la mort assurée.

Les otages de Cassandra s'exécutèrent et elle prit place derrière eux. Personne ne pouvait se douter que c'était une personne contre-nature avec sa queue ainsi dissimulée. L'ascendant psychologique qu'elle avait sur le groupe lui garantissait que personne n'allait tenter de fuir. Ils avaient déjà rencontré Cassandra plus tôt, dans la journée. Ils avaient tous tenté de fuir, sans succès. Irène avait tenté tant bien que mal de récupérer sa bouteille d'alcool.

Cassandra souriait. Le groupe vit une troupe arriver dans leur direction : les forces de l'ordre, comme elle l'avait prédit.

« Le moment de la punition est venu. Je sens qu'on va bien rigoler », pensa-t-elle, avec un regard qui annonçait une mort atroce à sa prochaine victime.

Chapitre 27

Les gendarmes se précipitèrent vers le groupe qui, à leurs yeux, les attendait sagement. L'escouade, composée de neuf personnes, était dirigée par Paul Tillet, surpris de ne pas voir celle qu'il devait arrêter à tout prix.

— Léon, que se passe-t-il ? Où est Ariane ?

— Quelle impolitesse ! lança Cassandra. Vous pourriez vous présenter avant de poser des questions, commandant.

— Et vous êtes ?

— Je m'appelle Cassandra, je suis une amie très proche d'Ariane.

Par réflexe, Paul posa sa main sur son arme de service, ses collègues aussi. Rien que le fait d'évoquer le nom de la principale suspecte le faisait frémir. Il devait coûte que coûte savoir où elle se cachait et procéder à son arrestation.

— Dites-moi où je peux trouver Ariane.

— Pourquoi ? Parce que Daniel vous a dit qu'elle parlait aux serpents et qu'elle était responsable de toutes ces morts ? Il ne vous a pas dit toute la vérité et il a bien fait. Vous ne l'auriez pas cru. Je me suis donc dit que j'allais le faire à sa place.

— Et pourquoi on vous croirait ? balança l'un des gendarmes.

Cassandra s'amusait de la situation. Devant elle se tenaient Daniel et Léon. Elle passa entre eux, avança, dévoilant sa vraie nature, son vrai corps, ceux de la légende locale : la Vouivre.

Paul cligna des yeux à plusieurs reprises. Il voulait s'assurer qu'il ne rêvait pas. Il ne savait pas quoi penser. Une telle créature n'existait que dans les histoires.

La queue se rapprocha et chatouilla le menton de Paul. Il recula mais Cassandra le ramena jusqu'à elle.

— Commandant, il serait plus convenable de parler face à face de plus près, sinon ça ne ferait pas très sérieux.

Elle se dressa plus haute sur sa queue et analysa le visage de chaque représentant de l'ordre : six homme et trois femmes.

— Peu de femmes mais beaucoup d'hommes. Dites-moi, mesdemoiselles, ou mesdames, avez-vous déjà été victimes de remarques sexistes de la part de vos collègues ?

Daniel voyait clair dans le jeu de Cassandra : elle voulait faire une démonstration de force. Il croisa les doigts pour que rien n'arrivât. Quel idiot ! Il avait oublié qu'une personne allait mourir… par sa faute.

Les trois gendarmes répondirent non.

Paul venait de se rendre compte qu'il était resté silencieux depuis plusieurs minutes, comme si on l'avait hypnotisé. Ses collègues, sur leurs gardes, n'attendaient que ses instructions. Il fixa son attention sur Cassandra. Pendant qu'il tentait de se concentrer pour mieux réfléchir et réagir à ce qui se passait, un gendarme se sentit attiré par ce qu'elle portait autour du cou : son Escarboucle. Inconsciemment, il tendit sa main droite vers l'objet sous le regard courroucé de Cassandra. Ça allait mal tourner. Aussi vive qu'une attaque de serpent, elle lui brisa le poignet. Il hurla de douleur et ses jambes furent piégées dans les anneaux de Cassandra. Tous les gendarmes saisirent leurs armes et les pointèrent vers elle.

Cassandra fit non de l'index, avec le sourire malsain dont elle avait le secret. Un sourire qui aurait fait cauchemarder les enfants.

— On garde son calme. Tout le monde sera bientôt libéré. Il reste encore une affaire à régler. Si l'un d'entre vous ose ouvrir le feu, je vous assassine tous, sans exception.

Ses yeux verts rayonnèrent.

— Kaaliyah, il est temps de nous rejoindre.

Daniel frissonna de peur en entendant le nom de ce serpent. Cassandra allait remettre ça sur la table, mais de quelle manière, cette fois-ci ?

— Vous savez, commandant, si Daniel n'avait pas parlé d'Ariane, on n'en serait pas là, reprit Cassandra. Je dois admettre que ce n'était pas facile pour lui d'avouer une partie de la vérité. Malgré cela, une personne va mourir à cause de lui.

— Et tu voulais que je fasse quoi ? demanda-t-il en tonitruant. Que je me taise et que j'aille en taule ?

— Ferme-la ! dit-elle.

Kaaliyah apparut par surprise derrière les otages. Son corps trempé montrait qu'elle venait de passer par la Loue pour rejoindre sa créatrice. La peur était à son apogée.

« C'était donc vrai. Il y a réellement un anaconda qui rôdait dans le coin depuis tout ce temps », se dit Paul.

Les autres gendarmes considéraient ce grand reptile qu'on ne voyait que dans les films ou les zoos. Difficile pour eux de croire qu'un tel animal se trouvait dans les parages. La situation devenait très préoccupante.

— Que vous arrive-t-il, à tous ? On croirait que vous avez vu un truc bizarre.

Aucun gendarme ne réagit. Cassandra voyait très bien leur trouble. Elle prenait de plus en plus de plaisir à jouer avec eux, à les provoquer. Elle était surtout consciente que seul Paul pouvait donner l'ordre d'ouvrir le feu.

Tous les gendarmes, y compris Paul, se demandaient s'ils étaient dans le monde réel. Ils devaient tous se rendre à l'évidence : la Vouivre n'était pas qu'une légende puisque cette femme mi-serpent mi-humaine se trouvait en face d'eux.

— Passons aux choses sérieuses, dit Cassandra Je vais vous faire un petit récapitulatif de la situation. Daniel a désigné Ariane comme responsable de tout ce qui passait à Ornans lors de son interrogatoire. Et ce n'est pas faux, d'une certaine manière, même si des gens ont commencé à se faire tuer par des serpents bien avant la naissance d'Ariane.

Cassandra fixait le commandant d'un air amusé. Elle retenait toujours le gendarme prisonnier.

— Si le commandant s'était un peu plus creusé les méninges, il aurait compris que quelque chose clochait dans le récit de Daniel. Mais non, il avait tellement hâte que toutes ces morts cessent qu'il n'y a vu que du feu. Franchement, pour un commandant, vous me décevez beaucoup. Ça aurait dû vous paraître trop facile. Et comme vous le dites si bien, quand quelque chose semble facile, c'est qu'il y a un problème. Vous auriez dû écouter votre propre remarque.

Vous êtes si crédule, commandant. C'est ce qui pourrait causer votre perte.

Paul sentait de la colère bouillonner en lui. Les propos de Cassandra l'irritaient. Il n'aimait pas du tout qu'on lui parlât de la sorte. Il devait absolument garder le contrôle de lui-même et ne pas céder à l'impulsion de la colère. Sinon, ça voudrait dire que Cassandra avait raison, qu'il était naïf et que cela le mènerait à sa perte. Il n'avait pas le droit à l'erreur ce soir.

— Maintenant, voici l'un de mes deux moments préférés : la présentation des prisonniers…

— Où est Ariane ? demanda l'une des gendarmes.

— Elle est partie, prévint Léon. Cette créature à moitié serpent lui a dit de…

Cassandra le fustigea du regard et Léon se tut immédiatement. Il avait parlé sans y être invité. Elle lui fit signe de s'approcher. Daniel le sentait très mal.

Elle le saisit par les cheveux d'une main et le souleva sans aucune difficulté. Les gendarmes étaient abasourdies de sa force incroyable. Sa poigne devint plus ferme, plus douloureuse. Daniel voulait aider son beau-frère, chose qu'il ne fallait surtout pas faire.

Paul avait la nausée. La situation dans laquelle ils se trouvaient, lui et ses collègues, les dépassaient complétement.

— Voici ce qui arrive quand on n'écoute pas ce que je dis, ou quand on fait n'importe quoi : on se fait gronder et ça peut faire mal. Très mal.

Cassandra lâcha Léon, qui rejoignit vite Gaëlle tout en jetant un regard noir à sa ravisseuse.

— À l'avenir, évitez de m'interrompre. Donc, je disais que j'allais présenter mes prisonniers. Tout d'abord, Maël et Steven, les fils jumeaux de Daniel. Ensuite, Gaëlle, la sœur de Daniel et son petit-ami, Léon. Et pour terminer, Caroline, journaliste pour le Cœur Comtois et Irène, l'ex-femme de Daniel, qui a un penchant pour l'alcool.

— Qu'est-ce que tu comptes faire, exactement ? demanda Paul.

— En tuer un. Et c'est ma chère et tendre Kaaliyah qui va se charger de l'heureux élu qui va finir dans un cercueil.

Plus le temps défilait, et plus Daniel était dégoûté par les mots qu'employait Cassandra. Elle n'avait aucune limite.

Kaaliyah commença à tourner autour du petit groupe de prisonniers. Elle se dressa pour que sa tête fût au même niveau que les autres. Sa langue bifide effleurait leurs visages, son regard inexpressif tourmentait leurs esprits. Le hasard allait s'exprimer dans les secondes suivantes, désignant la future victime d'une mort atroce.

De leur côté, les forces de l'ordre ne baissaient pas la garde, en particulier Paul. Son intention était de se débarrasser de Cassandra, quoi qu'il arrivât.

Kaaliyah et Cassandra se regardèrent pendant un instant.

— Maël, Steven, Gaëlle et Léon, vous pouvez partir. On dirait que ça va se jouer entre Caroline et Irène. Ma charmante Kaaliyah sait faire les bons choix, tout comme moi. (Elle s'adressa à Caroline.) Toi, tu aurais dû partir lorsque tu en avais eu l'occasion. Si t'avais écouté Ariane, tu ne serais pas ici à l'heure qu'il est. Maintenant, c'est moi qui vais devoir faire un choix… et ça va être dur.

Les deux femmes pleuraient. Caroline tremblait de peur, Irène était plus pâle que jamais. Son corps frissonnait à cause du manque d'alcool et de drogue. Cassandra tenait toujours la bouteille dans sa main et la narguait sous le regard féroce de Daniel. C'était à la limite du supportable. Cette scène d'horreur commençait à devenir très dure à encaisser.

Cassandra ne pouvait s'empêcher de faire souffrir ses prisonniers. Daniel se mit à pleurer et à supplier Cassandra.

— Arrête… par pitié. J'ai compris la leçon, je t'assure. Tu n'es pas obligée de faire ça. Il y a forcément un autre moyen.

Cassandra ne s'attendait pas à une réaction aussi soudaine de la part de Daniel. Elle ne savait pas si elle devait en rire ou être agréablement étonnée. Elle, qui le trouvait si différent des autres hommes, avait été conquise par sa faculté à laisser libre court à ses émotions.

— Bien sûr qu'il y a un autre moyen, Daniel. Mais jusqu'où es-tu prêt à aller ? Es-tu prêt à tout pour sauver une vie ? Tu devrais l'être car tout ce qui arrive est ta faute, d'une certaine manière. Il est vrai que Léon a trouvé une lettre qu'il n'aurait jamais dû lire et montrer à la gendarmerie. Tu aurais dû te taire, point final.

Daniel ne savait plus où donner de la tête ; les propos de Cassandra embrouillaient son cerveau.

Contre toute attente, Irène s'empara de la bouteille et but. Cassandra ne broncha même pas. Ce manque de réaction surprit Daniel et les autres.

— Je t'écoute, Cassandra ! Dis-moi ce que tu veux !

Daniel était prêt à l'entendre mais elle ne dit rien. Elle observait Irène d'un air agacée. Elle aurait voulu la sauver... en vain. Cette femme alcoolique ne pouvait plus être aidée.

— Je suis sincèrement désolée, Daniel. Avant que tu ne réagisses, mon choix s'était porté sur Caroline.

Il n'était pas sûr de comprendre ce que ça voulait dire. Personne n'en était sûr. Paul Tillet et son escouade n'osaient plus prendre la parole sans y être invités ; c'était trop risqué. Gaëlle, ses deux neveux et Léon demeuraient collés les uns aux autres en regardant ce qui se passait. Caroline était effrayée par les paroles de Cassandra. Et le gendarme, toujours captif dans ses anneaux, ne bronchait pas, par crainte d'avoir l'autre poignet brisé. Kaaliyah restait près de sa créatrice, immobile. Cette aptitude impressionnante de rester longtemps sans bouger avait de quoi susciter la peur.

Le silence de Daniel interloqua Cassandra.

— Malheureusement, c'est Irène qui va mourir ce soir. La bouteille qu'elle m'a arrachée des mains contient du poison.

Maël et Steven hurlèrent et Daniel se retourna. Le venin parcourait déjà les veines d'Irène et des convulsions agitèrent son corps. Les secondes paraissaient durer une éternité. La scène était insoutenable pour tout le monde. Paul, désemparé, voulut tirer mais n'y arriva pas, ses collègues non plus. Comme si une force inexpliquée les empêchait de réagir correctement.

Les deux fils de Daniel crièrent, pleurèrent quand ils virent leur corps de leur mère inerte... à jamais.

Cassandra dévisagea tout le monde et prit la décision de libérer le gendarme. Ce dernier avait les jambes ankylosées. L'un des gendarmes l'aidait à tenir debout.

— Maintenant, partez tous, dit Cassandra. Tout de suite.

Paul crut mal entendre. Caroline aurait dû mourir mais Irène avait payé à sa place. Tout le monde, sauf lui et ses collègues, se retira sans se retourner, impuissant. Le choc encaissé avait été rudement douloureux. Surtout pour Maël et Steven, qui venaient de perdre leur mère.

Cassandra donna l'ordre à Kaaliyah de partir et l'anaconda obéit.

— Alors, messieurs, qu'attendez-vous pour dégager et me foutre la paix ? s'impatienta Cassandra.

— On a tous très envie de te buter, répondit Paul, qui sentait la colère grimper en lui.

Tous les gendarmes sortirent leurs armes et les braquèrent sur elle.

— Vous n'avez rien compris, commandant. Il va y avoir davantage de morts si vous faites ça. Je vous déconseille de me défier.

La nuit était tombée, les ténèbres prenaient place… et cela pouvait jouer en sa faveur. Les gendarmes sortirent chacun une lampe et restèrent concentrés sur leur cible. Paul ne la lâchait pas du regard.

— Dans mon métier, il faut être prêt à mourir pour les autres.

Elle ne le montrait pas mais Cassandra ressentait de l'incertitude et de l'angoisse. Elle se disait que pour mieux se faire comprendre, elle allait devoir de nouveau choisir quelqu'un et…

— Feu ! hurla Paul. Descendez-moi cette saloperie.

Cassandra, attaquée par surprise, utilisa sa queue pour frapper dans tous les sens. Deux gendarmes furent catapultés en arrière. Les coups de feu se succédèrent rapidement, son corps fut criblé de balles. Elle fut en sang et s'écroula au sol en recevant une balle dans la tête. Plus personne ne tira. Ils s'approchèrent tous d'elle, sauf deux, qui vérifiaient l'état de leurs collègues projetés au loin. Ils éclairèrent le corps de Cassandra et constatèrent qu'il était salement amoché. Paul prit soin de vérifier son pouls. Aucun battement de cœur. Par précaution, il lui colla une balle supplémentaire dans le cœur et une autre dans la tête. Elle ressemblait presque à un animal torturé à mort.

— Et maintenant, on fait quoi, mon commandant ?

— Pour l'instant, Régine et Jacques vont prévenir les pompiers, qu'ils s'occupent de nos collègues pendant que je garde les autres avec moi. Je ne sais pas ce qu'on va faire d'elle exactement. Ce n'est pas souvent qu'on voit une femme avec une queue de serpent… Je n'arrive toujours pas à croire que cette créature existait vraiment.

La nuit allait être plus longue que prévu. La seule bonne nouvelle était que toutes ces morts allaient cesser une bonne fois pour toutes.

Ce n'était pas dans ses habitudes mais Paul se permit de fumer une cigarette. Il paya sa tournée et en donna une à tous ses collègues fumeurs. Plus tard dans la soirée, ils célèbreraient tous cette victoire bien méritée ; il payerait une nouvelle tournée, mais de bières cette fois.

Dix minutes bien trop courtes venaient de s'écouler. Paul appela l'un collègue, qui ne répondit pas. Celui-ci se situait devant lui et lui tournait le dos. Sa lampe parcourait le sol.

— Tu fais quoi, Christian ? T'admires l'herbe ?

Toujours aucune réponse. Tout son corps était secoué de spasmes, comme s'il se trouvait face à la plus grande peur de sa vie. Paul se joignit à lui.

— Ça va ? Tu es tout pâle, on dirait que tu as un vu un fantôme. Pourtant, tu fixes la terre comme si t'attendais quelque chose. Il n'y a rien ici.

— Justement, mon commandant.

Paul ne comprenait pas ce que qu'il voulait dire. Il éclaira à son tour la zone que son collègue balayait avec sa torche. Il constatait qu'il n'y avait rien.

Ce fut avec stupéfaction et effroi qu'il se rendit compte de ce qui se passait. Cassandra avait disparu ; son corps s'était volatilisé comme par enchantement, sans le moindre bruit. Il alerta tous ses hommes, qui vinrent vers lui avec précipitation.

Ils entendirent des bruits de pas, puis un rire féminin. Cassandra se dissimulait, tapie dans l'ombre à les observer, à les écouter… Prête à tuer.

La lampe de chaque gendarme se braqua en avant et, avec horreur, ils la virent foncer sur eux.

Paul fut le premier à être attaqué : un coup de poing, puis un coup de queue en plein visage, le nez en sang. Ensuite, elle s'attaqua à un autre gendarme, en le mordant. La fureur de

Cassandra était déclenchée. Ils avaient ignoré ses avertissements ; ils avaient eu tort. Pour elle, l'hécatombe commençait. Mais les forces de l'ordre savaient se montrer résistantes. Ils sortirent leurs armes et tirèrent sur leur cible. Peu parvenaient à l'atteindre. Cette fois-ci, c'était elle qui les prenait au dépourvu. La puissance de sa queue et l'obscurité s'avéraient de redoutables alliés. Elle se déplaçait rapidement mais avec difficulté. Elle manquait de vigueur pour tous les affronter.

Elle se jeta à l'eau, son élément, dans la Source de la Loue. Elle fut difficile à distinguer de nuit et se trouva rapidement hors de portée des gendarmes.

Paul poussa un juron et se fit la promesse de la traquer jusqu'à ce qu'elle mourût… même s'il devait en payer le prix. Il valait mieux un sacrifice que des milliers d'autres morts à cause de cette maudite créature. Un nom lui vint à l'esprit : Daniel. Pour lui, Daniel semblait le seul espoir qui restait pour retrouver Cassandra. Lui qui l'avait fréquentée devait probablement savoir où elle se réfugiait.

Paul connaissait le numéro de portable de Léon. Il le composa.

— Allo, Léon ? Daniel est avec toi ?

— *Oui. Que se passe-t-il ?*

— Passe-le-moi… tout de suite.

— *Allo ?*

— Daniel, c'est le commandant Tillet à l'appareil. J'ai besoin de vous. Cassandra s'est échappée et on a besoin de savoir où elle peut se cacher, vous qui la connaissez un peu.

— *Échappée ? C'est plutôt vous qui vous êtes échappés, non ? Que s'est-il passé ?*

— Nous lui avons tiré dessus et on pensait l'avoir tuée. Elle a simulé sa mort et nous a attaqués par surprise. Un de mes hommes s'est fait mordre. On a réussi à la blesser mais pas suffisamment pour l'arrêter. Vous êtes mon seul espoir. Vous devez nous aider.

Daniel n'en revenait pas. Cassandra qui se faisait attaquer sans s'y attendre. Cela semblait surréaliste. Mais un tel acte engendrerait de graves conséquences. Daniel craignait le pire. Néanmoins, il avait une idée de l'endroit où Cassandra se cachait.

— *La Source du Lison, c'est là qu'elle doit être.*

— Vous êtes sûr ?

— *Absolument. La Loue et le Lison sont les deux endroits qu'elle affectionne tout particulièrement. Je ne vois pas où elle pourrait être sinon.*

— Très bien, je vais là-bas. Faites attention à votre famille.

Sur le chemin du retour, Léon conduisait, Gaëlle installée côté passager, Daniel à l'arrière, entre ses deux fils inconsolables. Personne ne parlait ; Daniel ne voulait pas s'exprimer en présence de ses fils. Une conversation entre adultes devrait avoir lieu en rentrant, ou le lendemain. La fatigue se faisait ressentir.

Ils n'étaient plus qu'à quelques kilomètres de la maison lorsque Léon perdit le contrôle de son véhicule. La voiture tourna plusieurs fois sur elle-même avant de s'immobiliser. En sortant, Léon remarqua que le pneu avant gauche était crevé. Une détonation sourde se fit entendre. Une silhouette apparut devant les phares de la voiture.

Ariane.

Sans réfléchir, Léon fonça sur elle. Ariane tira dans les airs et il s'arrêta net. Gaëlle et Daniel sortirent tandis que Steven et Maël restèrent à l'intérieur, le regard dans le vide, les larmes aux yeux. Le coup de feu d'Ariane ne les avait pas perturbés. Ils étaient complétement perdus, ils ne savaient pas s'ils étaient dans la réalité ou en train de cauchemarder.

— Alors, on rentre à la maison à ce que je vois, dit-elle avec ironie.

— Qu'est-ce que tu nous veux encore ? s'emporta Gaëlle. Toi et l'autre dégénérée avez déjà pris une vie. Ça ne vous suffit pas ? Il vous en faut une autre ?

Gaëlle entra dans une colère incontrôlable et se dirigea d'un pas déterminé sur Ariane. L'arme qu'elle pointait ne lui faisait ni chaud ni froid. Léon lui tint le bras pour l'empêcher de faire quelque chose de stupide.

— Pourquoi as-tu fait ça, Daniel ? demanda sévèrement Ariane. Elle t'aimait, elle s'est donnée corps et âme à toi. Et toi, tu lui as brisé le cœur, alors qu'elle t'aimait. Et je suis sûre qu'elle t'aime toujours.

— Dégage, Ariane ! dit Daniel en serrant les poings.

— Non. Vous allez tous venir avec moi. J'ai une voiture en très bon état qui nous attend. Et le premier qui refuse de m'écouter recevra une balle entre les deux yeux.

Deux cobras se joignirent à Ariane. Daniel et son petit groupe de rescapés n'avaient pas le choix : ils devaient la suivre… sans rien faire de stupide.

Vingt minutes plus tard, Paul arriva à la Source du Lison. Lui et son escouade avaient roulé vite pour ne pas gaspiller de temps. Ils allaient tenter de tenir tête à Cassandra et savaient que c'était loin d'être gagné.

Sur place, Paul fut abasourdi : Daniel était là avec sa famille. Ses deux fils étaient toujours dans la voiture.

— Pourquoi êtes-vous là ? Allez tous vous mettre à l'abri.

— Impossible ! dit Daniel, affolé. Ariane nous a contraints à venir, sous la menace d'une arme et de serpents venimeux.

— Ariane est ici ? Où ça ? Comment peut-elle être en possession d'une…

Paul se rappela sa venue à la gendarmerie dernièrement et sa fuite, tout en étant armée.

— Elle est partie mais je ne sais pas où.

Paul frappa du poing sur sa voiture de fonction sous le coup de la colère. Deux femmes dangereuses s'étaient évaporées dans les ténèbres. Depuis le temps qu'Ariane fréquentait Cassandra, elle avait appris à se déplacer en pleine nuit sans lumière, dans les lieux qu'elle connaissait par cœur.

Daniel se demandait si Cassandra avait doté Ariane de capacités reptiliennes.

— Je viens avec vous, commandant ! déclara Daniel.

Paul fut surpris de ce qu'il venait d'entendre.

— Vous plaisantez, j'espère ? C'est hors de question. Je désapprouve totalement une telle idée. C'est du suicide.

— Suicide ou pas, commandant, je viens. Je m'en fous royalement de votre avis.

— Et vos fils, vous ne comptez tout de même pas les emmener avec vous ?

Un gendarme vint à leur rencontre.

— Allez-y, je veillerai sur eux, vous avez ma parole.

Le gendarme était conscient du danger qui rôdait dans ces forêts, et de la créature qui y habitait. Toutefois, face à sa proposition louable, Paul acquiesça, sachant que Daniel ne changerait pas d'avis.

Ce dernier donna quelques consignes à ses fils, sa sœur et son beau-frère. Ils allaient rester tous les quatre dans la voiture en attendant les secours. Car oui, Paul avait pris l'initiative d'appeler les secours ; ils seraient là d'une minute à l'autre.

Avant de partir pour la dernière fois à la chasse aux serpents, Paul proposa à Daniel une barre en fer prise dans le coffre de sa voiture. Ce dernier aurait préféré une arme à feu mais il pouvait toujours rêver.

Les deux hommes ouvrirent la marche, suivis de l'escouade de gendarmes. Ils restaient sur leurs gardes, leurs armes et leurs lampes en main. Le bruit de la cascade du Lison se fit entendre ; ils approchaient du but.

Daniel trouvait curieux qu'aucun serpent ne fût là. Peut-être que Cassandra aussi n'y était pas. Peut-être que…

— Vous allez tous souffrir pour ce que vous m'avez fait, hurla Cassandra.

Elle se trouvait juste là, au pied de la cascade, toutes les lampes braquées sur elle. Les armes aussi. Son regard ne laissa personne indifférent. On y lisait un mélange d'émotions : de la rage, de la fureur… de la tristesse. Mais ce regard ne se concentrait que sur deux hommes. Paul et Daniel.

Elle s'approcha doucement avant de s'arrêter et de déclarer :

— Daniel… je suis prête à te pardonner. À une seule condition.

Les forces de l'ordre redoublaient de vigilance face à une Cassandra imprévisible, ils l'avaient tous compris. Voulait-elle vraiment pardonner à Daniel ou n'était-ce qu'un subterfuge ?

— Je ne suis pas seule. J'ai des cobras qui vous entourent. Vous n'avez qu'à voir par vous-mêmes.

Tout le monde la croyait sur parole. Leurs armes et leurs lampes restaient toujours braquées sur elle.

— Daniel ?

Il n'arrivait pas à rester concentré, tant la fatigue et l'énervement le mettaient à bout de nerfs.

— Si tu viens avec moi, j'oublierai tout ce qui s'est passé. J'accepterai même la présence de tes enfants et du reste de ta famille. Tu sais, Daniel, la logique aurait voulu que je tue Léon, puisque c'est à cause de lui que tu t'es retrouvé à la gendarmerie. Je voulais sacrifier une vie sans importance à tes yeux pour te dissuader de prendre de nouveau des risques vis-à-vis de moi.

Daniel recula et crut halluciner en entendant de tels propos. Il aurait aimé que ce ne fût qu'une hallucination auditive… Mais non.

— C'est non ! Tu as fait trop de mal et je ne pourrais jamais te le pardonner.

Cassandra le supplia du regard d'accepter. Elle lui faisait comprendre que le choix ne lui appartenait pas, s'il tenait à la vie de ses proches.

Daniel percevait l'impasse mortelle dans laquelle il se trouvait.

— Cassandra ?

— Oui, Daniel ? dit-elle en souriant.

— Tu peux aller te faire foutre… et tu vas payer pour tout le mal que tu as fait.

Daniel se précipita sur elle, leva sa barre de fer et lui assena un coup qu'elle para sans problème. Elle lui tordit le bras jusqu'à le faire gémir de douleur. Il grimaça. Cassandra fit face aux forces de l'ordre et utilisa Daniel comme bouclier humain.

— Si je meurs, tu mourras avec moi, lui murmura-t-elle à l'oreille.

Ses yeux devinrent brillants, les serpents commencèrent à attaquer les gendarmes pour les détourner de leur cible principale. Cassandra poussa Daniel, qui se retourna aussitôt. Elle avait déjà disparu dans l'obscurité.

Une phrase, prononcée par Cassandra, revint comme un écho dans son esprit.

« On va dire que c'est comme mon cœur. Sans lui, je ne peux vivre… même si je suis immortelle. »

« C'est ça, pensa-t-il. Son Escarboucle est comme son cœur. Si on le détruit… elle meurt. »

L'espoir renaissait en lui. Il devait cependant rester prudent. Cassandra se comportait comme une bête sauvage. Elle n'avait plus rien d'humain, elle était redevenue la Vouivre.

Il se rua vers Paul et lui sourit.

— Commandant, je sais comment on peut la vaincre. Vous devez me faire confiance. Il faut l'affaiblir comme vous l'avez fait tout à l'heure. Visez bien ses bras et sa queue avant de viser le cœur ou la tête.

— Pourquoi donc ?

— Commandant, je vous en supplie, faites-moi confiance.

Paul donna les instructions en levant la voix. Tous ses collègues s'apprêtaient à donner le maximum pour que ce cauchemar s'arrêtât définitivement.

Daniel, qui l'avait rejetée et trahie, sentit la fureur irréfrénable de Cassandra. Et par-dessus tout, il connaissait son point faible et avait osé le révéler. Daniel prenait un gros risque et n'avait pas le droit à l'erreur.

Mais Cassandra n'allait pas s'avouer vaincue aussi facilement. Elle se trouvait hors de vue pour l'instant et se déplaçait trop vite.

Plutôt que de se disperser, les gendarmes formèrent un cercle. Daniel resta à côté du commandant.

— Daniel !

Il frissonna : elle l'appelait d'une voix glauque, sarcastique. Comme un psychopathe qui jouait avec sa victime perdue dans la forêt avant de lui donner le coup fatal. Une arme à feu eût été plus adéquate mais il devait se contenter de sa barre de fer.

— Daniel, tu vas souffrir !

Un bruit étrange se manifesta non loin d'eux. Paul entendait le bruit se rapprocher. Il tendit l'oreille en tournant la tête pour tenter de mieux localiser la source. Il baissa le regard et vit la queue de la créature. Il tira dessus en hurlant :

— Elle est juste là, butez-la !

Sous la puissance des balles, Cassandra tomba en arrière mais se releva aussitôt, toujours aussi déterminée.

Dans un élan de puissance irréfléchi, elle fonça sur Daniel. Sa colère venait de la pousser à commettre une erreur fatale : celle de se jeter dans la gueule du loup.

Suffisamment affaiblie, les gendarmes lui tirèrent dans la tête. Elle s'écroula une nouvelle fois et sa respiration cessa. Daniel courut et lui arracha son précieux bijou. Cassandra, couverte de sang, allait assister à sa défaite. Elle essaya d'attraper Daniel avec sa queue mais on lui tira dessus pour l'en empêcher.

Trois cobras attaquèrent les gendarmes et mordirent deux d'entre eux. Les serpents furent abattus sur-le-champ.

Cassandra commençait déjà à se régénérer et rampait sur ses mains ; sa queue laissait place à ses jambes humaines.

Daniel posa l'Escarboucle au sol et le frappa jusqu'à ce qu'il fût réduit en miette. Ce bijou, si fragile et si convoité, était détruit à jamais.

Cassandra, tétanisée par la destruction de bijou, commença à suffoquer.

— Va brûler en enfer, lança Daniel.

Cassandra sourit pour la dernière fois, d'un sourire toujours aussi malsain, et prononça ses derniers mots.

— Qu'importe… Daniel… Au moins… j'en ai eu un. On me vengera… Daniel… On me vengera.

Ce fut alors qu'elle rendit son dernier soupir. Mais elle ne fut pas la seule ; les deux gendarmes mordus moururent aussi, au grand dam de Paul, qui venait de perdre trois de ses hommes en une nuit. Pour lui, c'était beaucoup trop.

— Daniel, hurla Gaëlle, qui venait à leur rencontre.

Essoufflée, extenuée, elle se pencha en avant, les deux mains sur ses genoux. Daniel remarqua un détail qui ne le rassurait pas du tout : ses yeux. Elle pleurait.

— Pourquoi tu pleures ?

— Je suis désolée, Daniel, lui dit-elle en se jetant dans ses bras.

— Désolée ? Mais de quoi, Gaëlle ? Dis-moi ce qui ne va pas, tu me fais peur.

Elle finit par parvenir à retrouver son souffle mais pas à arrêter ses larmes.

— C'est Maël.

— Quoi Maël ?

— Il est mort.

Chapitre 28

Daniel était anéanti, son âme était rongée par les regrets et la colère. Ses ressentis étaient si intenses que même le commandant se préparait à ce que toute sa rage explosât.

Daniel était à genoux, devant le corps de Maël, qui portait une marque de morsure sur sa nuque.

« *J'en ai eu un* » : les derniers mots formulés par Cassandra. Voilà ce que ça signifiait.

Il ferma les yeux de son fils défunt et le serra dans ses bras... pour la dernière fois. Il savait d'avance qu'il n'irait pas dans le salon funéraire qui accueillerait le corps de son fils. Cela aurait été un supplice de plus pour lui, en plus de la cérémonie d'adieu, puis de l'enterrement. S'imaginer un cercueil sous terre lui faisait très mal.

Il pensa à sa dernière erreur, quand le commandant lui avait demandé où Cassandra pouvait se cacher : ne pas être resté avec ses fils après avoir répondu. Il ne savait pas ce qui lui était passé par la tête à ce moment-là. Ce souvenir le hanterait jusqu'à la fin de ses jours.

— Daniel ?

Il ne répondit pas à sa sœur, qui posa une main sur son épaule. Elle pleurait. Léon était là, avec eux. Il pleurait aussi. De ses deux mains, Steven se couvrait le visage ; voir son frère mourir l'avait détruit de l'intérieur. Ses cris de souffrance réveillaient l'empathie de chaque personne qui l'entourait. Paul et ses collègues avaient la gorge nouée. Steven, Gaëlle et Léon, le cœur serré et l'âme brisée.

Daniel déposa un baiser sur le front de son fils, puis les pompiers embarquèrent le corps.

— Commandant, puisque mon fils est mort par empoisonnement et que vous avez été témoin de ce qui est arrivé, je pense qu'une autopsie ne sera pas nécessaire, n'est-ce pas ?

Paul n'était pas tout à fait sûr de ce que voulait dire Daniel mais il avait sa petite idée.

— Non, la mort de Maël n'est pas suspecte, donc pas d'autopsie. Pourquoi cette question ?

— Parce que je refuse qu'on touche au corps de mon fils.

— Je comprends, Daniel, sincèrement.

Paul ne dit rien de plus et Daniel non plus. Le commandant voulait lui éviter toutes les explications sur les conditions d'une autopsie, son déroulement et qui pouvait l'ordonner. Donner autant de précisions serait inutile. Daniel lui avait posé une question et Paul lui avait répondu, tout simplement.

— Mon commandant, qu'est-ce qu'on va faire pour le corps de la… de Cassandra ? demanda une gendarme.

Daniel s'interposa d'un ton vif et imposant.

— Je vais la brûler ! Il y a un bidon d'essence dans la voiture d'Ariane.

— Non, Daniel, protesta Gaëlle. Je vais le faire !

— Cette salope a tué mon fils. C'est à moi de le faire.

— Tu as mieux à faire, non ? Tu dois t'occuper de Steven.

— Hé, tout le monde garde son sang-froid, dit Paul. La situation actuelle est délicate, alors essayons de rester le plus calme possible. Déjà, personne ne va brûler qui que ce soit. Et ensuite, ce n'est pas à vous de faire les choses.

— Et qu'est-ce que vous suggérez, commandant ?

Les larmes de Gaëlle inondaient ses joues de tristesse. Elle voulait vraiment aider les gendarmes à se débarrasser du corps de Cassandra.

Paul était en pleine réflexion. Son professionnalisme lui dictait de s'occuper du corps de Cassandra.

— Je dois emmener le corps, Daniel. On ne peut pas brûler une dépouille comme ça.

— Quand le jour se lèvera et que ses jambes se transformeront en queue de serpent, vous allez raconter quoi ?

— Pardon ? s'étonna Paul.

Le commandant connaissait l'existence de Cassandra et de son secret que depuis peu.

— Oui, dès que l'aube se levait, Cassandra était contrainte de vivre avec une queue d'anaconda toute la journée. Le soir, elle pouvait utiliser de vraies jambes.

— Je vois !

Paul fit les cent pas, réfléchit. Il devait faire quelque chose... tout de suite. Le corps de Cassandra pourrait élucider des mystères scientifiques ou surnaturels. Le monde entier serait fasciné par cette femme, son histoire et ses origines. Mais personne ne connaissait réellement la Vouivre. Tout ce que l'on racontait dans les histoires était certainement faux.

— Je crois que vous avez raison, Daniel. Brûler le corps serait mieux que d'emmener une femme à moitié serpent. Mais ce sont mes hommes et moi qui allons nous en charger.

— Je vous accompagne ! annonça Gaëlle. Je veux être là et voir le corps de cette saloperie réduit en cendres.

— À vous entendre, on dirait que vous n'allez pas lâcher l'affaire. J'accepte… mais vous ne contestez pas mes ordres, compris ?

Gaëlle acquiesça. Paul s'adressa à deux collègues.

— Régine, Christian, vous m'accompagnez. Daniel, vous pourriez aller chercher le bidon d'essence, s'il vous plait ?

— Laisse, Daniel, j'y vais, dit Léon.

Il revint avec le bidon et le tendit à Paul. Après avoir échangé quelques mots. Ils se séparèrent tous. Léon partait à l'hôpital avec Daniel et Steven. Les autres gendarmes les escortaient sur ordre de Paul.

— Vous êtes sûr que c'est la meilleure chose à faire, commandant ?

— Je ne suis plus sûr de rien, Régine. Il fallait prendre une décision le plus vite possible.

— Tout est fini maintenant ! fit remarquer un autre gendarme.

Ils se tournèrent tous vers lui.

— Non, tout n'est pas fini. Ariane est toujours en liberté et j'ai hâte de l'appréhender.

Une chose était sûre : Ariane chercherait à venger Cassandra.

De nouvelles personnes allaient mourir.

Chapitre 29

On y était ! C'était la fin !

Un des gendarmes prit le corps de Cassandra et, suivi par Gaëlle, Paul et une gendarme, il le déposa près de la Source de Lison, suffisamment loin de l'eau. Il restait quelques heures avant le lever du soleil. Paul portait le bidon d'essence tandis que la gendarme restait sur ses gardes.

— Qui va avoir le cran de la brûler ? s'interrogea le gendarme. Perso, je ne pourrais pas.

— Je vais le faire, Christian.

Paul était celui qui allait mettre fin à tout ça. Du moins, en partie. Les gendarmes s'étaient battus contre Cassandra, Daniel avait détruit l'Escarboucle et Paul allait réduire en cendre le corps de la légendaire Vouivre.

— Dépêchez-vous, qu'on en finisse, s'empressa de dire la gendarme.

Des bruits de pas se rapprochaient d'eux. Avant qu'ils ne pussent réagir, Gaëlle fut tirée en arrière alors que le gendarme qui accompagnait Paul sortait le premier son arme. Une détonation résonna dans les airs et une balle vint se loger dans son épaule droite.

Ariane était de retour.

Elle entoura la gorge de Gaëlle avec son bras et pointa son arme sur les gendarmes. Paul et la gendarme firent de même en visant sa tête.

— Comme on se retrouve, les amis. Alors, on croit que tout est fini parce que la Vouivre est morte ? Vous vous êtes fourvoyés. Je suis toujours là et j'ai bien l'intention de vous le faire payer.

— Ah oui, et comment ?

Paul tentait de se concentrer du mieux qu'il pouvait pour ne pas trembler et toucher Ariane, s'il venait à tirer. La tentation de la tuer était grande mais il ne pouvait pas le faire.

Ariane braquait son arme sur la tempe de son otage. La lumière des lampes des gendarmes ne la gênait que très peu. Sa détermination à venger Cassandra était intense. Elle était prête à mettre à mort tous ceux qui l'avaient tuée. Elle possédait une arme et les serpents allaient l'aider.

— En tuant l'un d'entre vous, par exemple. Mais ce n'est qu'un exemple. Je ne peux pas faire ça maintenant. Sinon, vous seriez en position de légitime défense et vous pourriez faire feu. Non, je vais devoir faire autrement. En fait, j'ai tellement d'idées que je n'ai pas envie de vous dire comment je vais faire. Ça gâcherait la surprise.

Quelque chose clochait. Ariane semblait sereine, presque heureuse. Ce comportement inquiétait le commandant.

Gaëlle donna un coup de coude dans les côtes d'Ariane, qui hurla et lâcha son arme. La gendarme se précipita et saisit le pistolet pendant que Paul la gardait en joue.

— Bien joué, félicita Paul.

Cette joie fut de courte durée. Ariane se mit à rire et à regarder les gendarmes d'une façon inquiétante. Elle se leva et s'approcha d'eux. La gendarme tira un coup de feu pour l'effrayer. Sans succès.

— Qu'est-ce que tu attends ? Tue-moi !

Ariane siffla. Des vipères aspics et péliades arrivèrent. Paul sut qu'ils n'étaient pas sortis d'affaire.

Le gendarme appuyait sur sa blessure qui laissait échapper beaucoup de sang. La douleur devenait de plus en plus vive, ses forces l'abandonnaient petit à petit.

Gaëlle se tenait à l'écart mais Ariane n'était pas dupe.

— Où tu crois aller comme ça ? Tu ne peux pas t'échapper.

Paul perdit patience.

— Ça suffit ! Il est temps d'en finir.

— Effectivement, commandant, il est temps que tout s'arrête... pour vous, annonça Ariane.

Tout s'enchaina : la gendarme fut tirée en arrière par une paire de bras, le gendarme fut bousculé et perdit l'équilibre, Gaëlle prit peur et tenta de s'enfuir. Les serpents la bloquèrent. Elle décida de tenter le tout pour le tout et se jeta dans le Lison. Elle fut saisie à l'épaule par une force puissante et douloureuse. Puis elle se mit à tourner à plusieurs reprises sans comprendre ce qui lui arrivait. Paul était déboussolé en voyant ce qui se passait. Gaëlle était dans les anneaux de Kaaliyah, le redoutable bras droit de la Vouivre. Et la gendarme était emprisonnée par...

— Non, c'est impossible, hurla Paul. On t'a tuée.

Cassandra tenait la gendarme par les cheveux et l'agenouilla.

— Oh ! Que si ! C'est possible, s'esclaffa Cassandra. Je dois dire que simuler ma mort était très amusant. Et trop facile. Bonne idée de vouloir brûler mon corps et le faire disparaître dans la nature.

Elle balança un pistolet à Ariane, celui que la gendarme lui avait subtilisé.

— Je pense qu'il est temps d'en finir pour cette nuit. Daniel m'a trahie et j'ai bien l'intention de lui faire payer.

Cassandra donna l'ordre à Kaaliyah de relâcher Gaëlle. La respiration de l'anaconda donnait des sueurs froides. Comme la longueur et le diamètre de son corps, comme ses yeux, comme sa langue fourchue.

— Ariane, tu sais ce qu'il te reste à faire.

Paul se sentit impuissant ; le cauchemar continua. Tous les muscles de son corps faiblissaient, son cerveau ne réagissait plus normalement. La peur et l'incertitude le dominaient. Peut-être que la fin de sa vie était proche, très proche.

— Christian ? Fais-moi un beau sourire.

Le gendarme se soumit à la demande d'Ariane en grimaçant. Sans même lui laisser le temps de prononcer ses derniers mots, ses dernières volontés, elle braqua l'arme sur lui... et fit feu. La balle se logea dans le front du gendarme, qui s'écroula dans un repos éternel.

La gendarme poussa un hurlement avec toute la puissance de ses cordes vocales. Paul tenta de se ressaisir : il dévisagea sévèrement la meurtrière de son collègue, fit un effort et visa dans sa direction. Avant même qu'il ne pût tirer, Kaaliyah lui mordit le poignet et le fit tomber. Paul resta à terre. Sa lampe lui avait échappé des mains, l'anaconda était hors de vue mais il entendait sa respiration et savait qu'Ariane ne le quittait pas du regard.

— On arrête les conneries, commandant, dit-elle. Je pense que Cassandra a assez patienté.

— Je confirme, il est temps de passer à la vitesse supérieure et que je me venge de Daniel. Tranquillement, bien entendu.

Cassandra métamorphosa son corps nu en une créature mi-femme, mi-serpent, et se dirigea vers Gaëlle.

— Tu sais ce que j'aime chez toi ? Ta taille. Tu fais exactement la même taille que moi et ça va me permettre de m'amuser avec ton frère. Mais avant, j'aimerais te présenter quelqu'un qui aura l'honneur de faire souffrir Daniel. Pas de le tuer, juste le faire souffrir.

Gaëlle ne comprenait pas pourquoi Cassandra faisait allusion à sa taille. Elle avait très peur de ce que ça pouvait signifier.

Les yeux de Cassandra devinrent brillants quelques secondes. Une silhouette plus longue que Kaaliyah vint les rejoindre.

Un deuxième anaconda.

— N'est-elle pas magnifique ? Je vous présente Mirror, mon second bras droit. Aussi puissante que Kaaliyah.

Ariane était fascinée, Paul, Gaëlle et le gendarme étaient tétanisés. L'animal était si long qu'ils ne voyaient pas le bout de sa queue, qui disparaissait dans l'obscurité.

— Tu comprends à quel point Daniel va souffrir quand il rencontrera Mirror ? Non ? Ce n'est pas grave. L'essentiel, c'est que tout le monde croie que mon corps a été incinéré. Et pour ça, c'est toi qui entre en jeu, Gaëlle.

Cassandra affichait le sourire le plus terrifiant qui fût.

— Ah oui, j'oubliais !

Mirror s'approcha et ouvrit sa gueule. Cassandra saisit un objet brillant. Elle le montra fièrement.

— Ceci est mon véritable Escarboucle. Celle que Daniel a détruite était une fausse. De plus, l'Escarboucle ne peut être brisée.

Ariane fixait le bijou avec une grande attention. De couleur vert émeraude, il avait la forme d'un cœur brisé en deux, entouré de petits diamants.

Sans prévenir et d'un geste rapide, Cassandra saisit la tête de Gaëlle et la lui plongea sous l'eau.

La gendarme et Paul regardaient la scène, apathiques. Ils ne pouvaient l'aider. Gaëlle était en train de mourir, noyée.

Cassandra et Ariane brûlèrent ensuite son corps sous le regard révulsé des deux gendarmes.

— Ne vous en faites pas, je n'ai pas l'intention de vous tuer. J'ai d'autres projets pour vous. Il est l'heure de réveiller et de rassembler mes bébés.

Avec sa queue de serpent, Cassandra prit place dans la Source du Lison, en haut de la cascade. De sa main gauche, elle enveloppa son Escarboucle et leva la main droite vers le ciel. Ses yeux devinrent verts encore une fois. Son bijou projetait une lumière émeraude surpuissante. Elle répétait sans cesse des mots que Paul, la gendarme ou même Ariane étaient incapables de comprendre. En bas de la cascade, les serpents se rassemblaient. Ils accueillaient et vénéraient leur créatrice, leur mère... leur reine.

La Reine des Serpents.

Cassandra jubilait et ne désirait qu'une chose : se venger de l'homme qu'elle aimait et qui lui avait brisé le cœur.

Daniel ne le savait pas. La Vouivre vivait toujours, contrairement à sa sœur, et une horrible vengeance allait s'abattre sur lui et sur tous ceux qu'il aimait.

Le cauchemar n'était pas fini…

Il ne faisait que commencer.

Cher lecteur

Nous voilà à la fin de ce roman, cher lecteur. S'il vous a plu, je vous invite à laisser un commentaire et à en parler autour de vous. Vous pouvez me suivre et/ou me contacter sur Facebook, Twitter ou à l'adresse mail suivante :
mickaellawrence.auteur@gmail.com

Et pourquoi pas visiter mon site pour découvrir quelques anecdotes et voir des photos dévoilant les lieux réels de mes histoires :
http://mickael-lawrence.blogspot.fr/

Remerciements

À mes bêta-lectrices, Sylvie, Sarah et Frédérique pour leurs remarques et leurs conseils. Leur honnêteté et leur intransigeance m'ont permis d'améliorer ce livre sous toutes ses formes.

À Maxime, pour la correction.

À mon illustrateur.

À toutes les personnes – trop nombreuses pour les citer – qui m'ont soutenu.

Du même auteur

Le reflet de la haine

Mentions légales

Ce roman est protégé par les lois en vigueur sur les droits d'auteur et la propriété intellectuelle. Toute reproduction, diffusion, ou modification, partielle ou totale, de cet ouvrage par quelque procédé que ce soit, connu (Photocopie, fichier informatique, etc…) ou à venir est strictement interdite sans l'accord écrit et préalable de l'auteur. Cela constituerait une contrefaçon sanctionnée par les articles L335-2 et suivants du Code de la propriété intellectuelle.

Droits d'auteur © Mickaël Lawrence 2018

Ce texte fait l'objet d'un copyright (n°00062167-1) et est édité à Bavilliers

ISBN 978-2-9558201-3-1 (PAPIER)

ISBN 978-2-9558201-4-8 (MOBI)

Imprimé par Kindle Direct Publishing
Dépôt Légal – Juin 2018